Angelo Petrosino

Quattro gatti per Valentina

Illustrazioni di Sara Not

PIEMME
Junior

Ad Alice,
che in silenzio
mi guarda scrivere

"Tutti gli scrittori che hanno cuore
si sono conquistati un gatto
che li segue e li protegge"

Osvaldo Soriano

INIZIA LA PRIMAVERA

Oggi è il ventuno di marzo: è il primo giorno di primavera. Ma le rondini non sono ancora arrivate.

Mi piacciono le rondini, i loro voli fantasiosi mi affascinano. Magari potessi volare come loro! Mi poserei sui tetti, mi nasconderei tra le chiome degli alberi, farei una puntata fino al mare e sorvolerei la casa dei nonni.

Era stato bello il weekend a casa loro! Avevo rovistato nella soffitta, avevo scoperto le foto e le lettere d'amore del nonno alla nonna quando erano giovani... Chissà se è diverso essere innamorati a diciott'anni, a quaranta o a settanta? E ci si potrà innamorare anche a undici anni?

Per esempio: io voglio bene a Tazio. Mi piace che mi baci, che mi abbracci, ma mi piace soprattutto quando mi fa certe gentilezze che sono diverse da quelle di un compagno di classe o di un amico. Che cosa vuol dire questo? Che sono innamorata di lui? Penso proprio di sì!

Sento che oggi sarà una bella giornata. È domenica, non ho compiti e quindi posso passare il tempo come voglio. Credo che leggerò un po' e magari nel pomeriggio andrò al parco con Tazio e Ottilia...

– Chiudi la finestra, ho freddo! – ha borbottato mio fratello, distogliendomi così dai miei pensieri.

– Non dire sciocchezze. C'è un'aria frizzantina che mette allegria – gli ho detto respirando profondamente.

– Se non chiudi la finestra, chiamo la mamma.

– Luca, sei una piaga.

– E tu una scocciatrice!

– Eh, no, non è possibile! – ho esclamato, e sono andata a strappargli il piumone di dosso.

Luca ha lanciato uno strillo, e alle sue urla è accorsa mia madre.

– Che cosa succede?

– Vuol farmi prendere la polmonite! – si è lamentato lui.

Mia madre ha cominciato a dire: – Valentina, lo sai che Luca è piccolo e anche freddoloso... –. Ma non ha aggiunto altro, e ho visto che sotto sotto sorrideva.

Allora io ho esclamato: – Oggi è il ventuno di marzo, mamma. Buona primavera!

Lei mi ha abbracciata e mi ha mormorato «grazie» in un orecchio.

PADRE E FIGLIA

Nel pomeriggio ho telefonato a Tazio e a Ottilia, ma non sono stata molto fortunata.

– Mi dispiace – ha risposto Tazio – ma non posso venire al parco con te. I miei vogliono portarmi con loro a Milano, da una zia che ha appena avuto un bambino.

– Che peccato! – ha detto Ottilia. – Sarei venuta volentieri con te. Ma non posso perché i miei hanno deciso di fare un salto a Bardonecchia. Vogliono dare un'occhiata a una casa che pensano di affittare per l'estate.

Mi sono seduta sul divano, ho incrociato le braccia e ho sospirato. In quel momento mio padre è venuto a sedersi accanto a me: – Qualcosa non va, Valentina?

Mio padre mi piace anche per questo. Non è invadente, ma se vede che sono un po' giù non si tira mai indietro.

– Avevo voglia di andare al parco con Tazio e Ottilia – gli ho risposto. – Ma sono tutti e due impegnati. E non ho voglia di andarci da sola.

– E se ci andassimo insieme? Io non ho niente da fare...

– Vorrei festeggiare il primo giorno di primavera in mezzo alle piante, ai fiori, vicino al Po...

– E allora andiamo a festeggiarlo insieme!

Mezz'ora dopo eravamo al parco.

Non c'era molta gente, a parte qualche coppia di fidanzati che passeggiava e alcuni anziani che prendevano il sole seduti sulle panchine, con gli occhi chiusi e il bastone al fianco.

– Che ne dici di un giretto in barca? – mi ha proposto mio padre.

– Sei capace di remare? – gli ho chiesto. – Non vorrei finire in acqua come è successo con Lia.

– Non dovrebbe essere difficile.

L'uomo che affittava le barche ci ha rassicurati: – L'acqua è liscia come l'olio. Non c'è da preoccuparsi.

Allora mio padre ha afferrato i remi e si è allontanato dal molo.

Era un po' impacciato, ma io ero tranquilla. Ho chiuso gli occhi, poi li ho riaperti e ho detto: – Papà, devo comunicarti una cosa importante: sono felice di essere tua figlia.

– Davvero?

– Ho sempre pensato che volessi più bene a Luca che a me. Ma adesso credo che non sia vero. Credo che tu voglia bene a tutti e due nello stesso modo.

– Solo perché sono venuto insieme a te al parco?

– No. Anche perché mi hai portata dai nonni, perché non ti sei arrabbiato quando sono stata sospesa, perché mi domandi sempre se le cose vanno bene oppure no, perché... insomma, per tante ragioni.

Mio padre secondo me si è un po' emozionato e un remo gli è scivolato di mano: è finito in acqua e lui si è sporto dalla barca per riprenderlo.

– Attento, papà! – ho gridato afferrandolo per la giacca.

– Ecco, ho preso il remo!

– Ho avuto paura che finissi in acqua, papà.

– Ma io sono un bravo nuotatore. Lo sono stato fin da piccolo. Anche se ho imparato a mie spese... adesso ti racconto.

UN CANE MISTERIOSO

– Avevo sette anni – ha cominciato, dopo avere accostato la barca all'altra riva del fiume. – Un giorno, i miei mi hanno portato sul lago d'Orta. Nel mezzo del lago c'è un'isola: l'isola di San Giulio. Ci siamo arrivati in barca, e quello è stato il mio primo contatto con l'acqua. Da un lato ero spaventato dalla sua profondità, dall'altro mi sarebbe piaciuto tuffarmi e nuotare come un pesce. Ma nessuno mi aveva mai insegnato a farlo.

« Che caldo!» ho detto quando siamo sbarcati sull'isola. Mi sono tolto la maglietta e la canottiera, e sono rimasto in pantaloncini e sandali.

L'isola pareva disabitata. Ogni tanto si vedeva comparire un gatto, ma per il resto c'era un grande silenzio. L'uomo che ci aveva accompagnati in barca ci aveva detto che sarebbe venuto a riprenderci un'ora dopo.

Dopo aver girovagato tra una viuzza e l'altra, siamo tornati sul molo.

«Che caldo!» ho sbuffato di nuovo, guardando l'acqua limpida del lago.

«Togliti anche i pantaloncini» ha detto allora mia madre. «Tanto non c'è nessuno. E poi sei piccolo.»

Sono rimasto in mutande e mi sono messo a camminare lungo un minuscolo tratto di spiaggia. Volevo mettere i piedi a bagno.

«Resta sul bordo della riva» si è raccomandata tua nonna.

Quando lei e mio padre si sono seduti ai piedi di un albero e hanno chiuso gli occhi, mi sono avvicinato silenziosamente all'acqua. L'ho toccata con un piede e sono rabbrividito. Poi l'ho toccata un'altra volta e sono rabbrividito di meno. Finché, a forza di toccarla, non sono rabbrividito più e sono entrato in acqua, allontanandomi piano piano dalla riva.

Prima mezzo metro, poi un metro, poi due... A ogni passo mi fermavo, tornavo un po' indietro ma poi riprendevo ad avanzare.

A un certo punto, ho gettato un urlo e sono sprofondato nell'acqua. Ho cominciato a sbracciarmi e ad agitare le gambe...

L'urlo non era stato abbastanza forte da svegliare i miei. E ogni volta che aprivo la bocca per chiamarli, la gola si riempiva d'acqua e mi mancava il respiro.

Cercavo di nuotare per tornare verso riva. Ma era la prima volta che mi trovavo in acqua e non facevo altro che peggiorare le cose.

In più cominciavo a essere stanco e avevo l'impressione che le gambe si stessero irrigidendo. Che cosa sarebbe successo quando non fossi stato più in grado di muoverle?

«Mamma! Papà!» gridavo dentro di me. Ma inutilmente.

All'improvviso ho sentito uno sciacquio alla mia destra. Mi sono voltato e ho visto un cane. Un cane enorme. Non avrei saputo dire di che razza fosse. Nuotava verso di me e sembrava dirmi: «Resisti, Stefano, sto per arrivare!».

Quando è arrivato a tiro, gli ho gettato le braccia al collo e ho posato la testa sul suo dorso. Mi sono affidato totalmente a lui e mi sono lasciato trascinare.

Dopo un tempo che mi è parso interminabile, abbiamo raggiunto la riva, il cane ha scosso il pelo, mi ha innaffiato con una frustata d'acqua, mi ha leccato la fronte e se n'è andato.

A quel punto mi sono addormentato: ero stanco morto.

Al mio risveglio, mio padre e mia madre dormivano ancora. Non si erano accorti di niente. E quasi non hanno creduto a quello che mi era capitato.

Al ritorno, mentre mi allontanavo dall'isola, cercavo disperatamente il cane con lo sguardo. E alla fine l'ho visto: se ne stava immobile su una roccia, aveva la lingua penzoloni e guardava ora verso la riva del lago, ora verso la montagna.

Ecco come ho imparato a nuotare e come ho imparato ad amare i cani.

Gli ho gettato le braccia al collo...

CONVERSAZIONI IN CLASSE. CHIACCHIERE FELINE

Oggi, a scuola, ho raccontato a Ottilia l'avventura di mio padre.

– Forse i bambini hanno nove vite come i gatti – ha detto lei. – Pensa se tuo padre fosse annegato: tu non saresti mai nata e io avrei avuto un'altra amica del cuore!

– Magari sarebbe stata migliore di me.

– E chi lo sa? Però non mi interessa. Mi accontento di te.

– Ti accontenti?

– Devo proprio dirti che per me sei la migliore amica che ci sia?

– Sì.

– Va bene, te lo dico. Lo sei. Tu però dimmi che io sono per te la migliore amica che ci sia.

E siccome ho indugiato qualche secondo prima di rispondere, Ottilia ha spalancato gli occhi e mi ha chiesto: – Beh, che cosa aspetti a dirlo?

– Ottilia, lo sai che non potrei fare a meno di te.

A quel punto il professore di matematica ci ha detto: – Avete intenzione di chiacchierare ancora a lungo, voi due? Se volete, potete accomodarvi fuori.

Durante l'intervallo abbiamo cambiato argomento.

– Credo che la mia gatta sia in calore – ho detto a Ottilia. – Lo capisco da un sacco di indizi. Per esempio, viene a strusciarsi spesso contro le mie gambe e, soprattutto di notte, miagola in continuazione. Non so che cosa fare per lei, poverina!

– Potreste farla sterilizzare.

– Oh, no! Penso che sarebbe bello farle fare dei piccoli almeno per una volta. Però mio padre dice che è complicato. Chissà, magari la mamma riesce a convincerlo...

Ottilia ha alzato le spalle.

– Non ho mai avuto un animale in casa –

ha detto. – Però forse preferirei avere un cane. I cani sono più affettuosi dei gatti, sono coccoloni, scodinzolano e non ti lasciano mai sola. Almeno, così dicono.

– Anche i gatti sono affettuosi e hanno voglia di giocare; sono solo più indipendenti... un po' mi assomigliano!

Quando sono tornata a casa, ho trovato Alice che mi aspettava dietro la porta. Ho messo lo zaino in un angolo e l'ho subito presa in braccio. Sembrava proprio una bambina piccola mentre posava la testa sul mio cuore.

– Alice, Alice, non voglio che tu soffra – le ho mormorato.

Mi ha infilato il muso sotto un'ascella e si è messa a fare le fusa.

– Stai meglio oggi? Spero proprio di sì, perché mi dispiace sentirti miagolare come se piangessi. Perché vieni a cercare me di notte? Sono davvero così importante per te? Beh, anche tu sei molto importante per me. Se tu non fossi entrata un giorno in questa casa forse oggi sarei diversa. Mi hai insegnato a prendermi cura degli altri e a capire quando gli altri hanno bisogno di me. Adesso che cosa vuoi fare? Vuoi che ti lasci andare?

Alice ha strofinato il muso sulla mia maglietta, ha inarcato il dorso ed è saltata a terra. Poi è andata ad arrotolarsi nella sua cesta, ha sbadigliato e ha chiuso gli occhi.

UNA LETTERA DI JACK

Dopo cena ho detto a mio padre: – Vado a controllare la posta elettronica. Magari mi ha scritto Stefi. È da tanto che non si fa sentire.

Stefi. Stefi la viaggiatrice. Stefi la vagabonda... In quale parte del mondo ti trovi in questo momento?

E per dove stai per partire? Perché non mi chiami? Ho voglia di vederti e di ascoltare le tue storie. Mi porterai di nuovo in viaggio con te, un giorno? Mi mancano le nostre avventure insieme!

Mi sono seduta davanti al computer, l'ho acceso e ho aspettato che facesse tutto il suo lavorio, che l'anti-virus controllasse che tutto fosse a posto. Finalmente ho cliccato su "Connessione" e ho guardato la posta in arrivo.

Quando c'è un nuovo messaggio il computer fa suonare una specie di campanellino. Avrebbe fatto *dlòng* questa volta? Ho chiuso gli occhi per un po'. E quando stavo per riaprirli, convinta che la posta fosse vuota, ho sentito un *dlòng* squillante e festoso.

Allora ho serrato ancora più forte gli occhi. Chi sarà mai?

Mi sono fatta coraggio e ho spalancato gli occhi.

Non era Stefi... era Jack!

Cara Valentina,

scusami se non ti ho scritto prima. Sono stato via con mio padre prima a Stoccarda, poi a Salonicco.

Dormire negli alberghi non mi piace molto. Però è davvero bello stare con papà, e così lo seguo volentieri nei suoi lunghi viaggi.

Tornerò a scuola a settembre, perciò in questi mesi non ho molti impegni. Ne approfitto per guardarmi intorno, per leggere e anche per tenere un diario. Fino a giugno, ad ogni modo, resteremo nella nostra casa di Aosta.

Credo che presto saremo in tre.

Mio padre, infatti, ha conosciuto una donna. Dice che l'ama, per ora è la sua fidanzata però presto vorrebbe sposarla.

L'ha fatta conoscere anche a me. Si chiama Nausicaa, pensa un po'. È una donna molto dolce, devo dire.

Quando l'ho incontrata era più imbarazzata di me. Però, al momento di salu-

tarmi, mi ha detto che le farebbe piacere rivedermi.

Ti farò sapere come andranno le cose. Papà dice che Nausicaa non potrà mai sostituire mia madre. Ma mi vorrebbe bene e io potrei imparare a volerne a lei.

In questo momento sono un po' confuso e non so che cosa pensare.

Che ne dici di incontrarci finalmente di persona, io e te, dopo esserci scritti tante lettere?

Finché non ti vedo in carne e ossa, è come se esistessi solo nel computer.

Noi abbiamo una grande casa e potremmo ospitarti anche per più di un giorno. Mi farebbe davvero piacere conoscerti. Sei stata molto importante per me.

Ti trascrivo il mio numero di telefono e il mio indirizzo di casa.

A presto,

Jack

Naturalmente gli ho risposto subito.

Caro Jack,

grazie tante per la tua lettera: è stata una vera sorpresa!

Sarò felicissima di incontrarti. Hai ragione, il computer non potrà mai comunicare i sentimenti che provi quando guardi una persona negli occhi. E io ho una gran voglia di vederti.

Mi sembra di conoscerti da sempre, ormai. Ho conservato tutte le tue lettere e ogni tanto le rileggo come se fossero le puntate di un romanzo. Verrei volentieri ad Aosta. Non ci sono mai stata.

Dev'essere strano avere in casa una donna che non è la tua vera madre. Ma è strano per me, perché ho sempre avuto la mia. Due mie compagne, invece, vivono con una "seconda madre", e dicono di trovarsi abbastanza bene.

Certo, c'è il rischio che non andiate d'accordo. Ma dalla tua lettera mi sembra di aver capito che Nausicaa abbia un bel carattere, e che ti trovi simpatico.

Invito accettato, dunque! Naturalmente devo parlarne con i miei: non credo che potrò venire da sola. Anche se Aosta, tutto sommato, non è lontana.

Ho chiesto a mio padre il permesso di darti il mio numero di telefono.

A presto allora,

Valentina

Mio padre ha detto: – Si può fare.

Mia madre ha osservato: – Non può andare da sola, però.

– L'accompagno io, se vuole.

Sono corsa ad abbracciarlo.

– Sarai un ottimo compagno di viaggio – gli ho detto. – Ma non andremo solo noi due.

– Chi altri vorresti portare con te?

– Alice. Voglio che Jack la conosca.

– Mentre voi sarete ad Aosta, Luca e io ne approfitteremo per andare a Superga – ha detto mia madre. – Hanno riparato la cremagliera e sarà bellissimo salire in trenino fino alla Basilica. Che ne dici, Luca?

Luca ha risposto subito di sì. La cremagliera che da Sassi va a Superga è famosa. Dopo un lungo periodo di riparazioni, ha ripreso a funzionare una quindicina di giorni fa. I giornali ne hanno parlato parecchio e Luca era molto incuriosito.

UNA TELEFONATA

Prima di cena è squillato il telefono. La telefonata l'ha presa mio padre che, dopo essersi trattenuto a parlare per un paio di minuti, mi ha chiamata.

– Valentina, è per te.

Ho preso il telefono e ho detto: – Pronto?

– Valentina, sei tu? Sono... sono Jack.

Mi è mancata la voce per qualche secondo, poi ho esclamato: – Ciao, Jack!

– Ho ricevuto la tua lettera. Per me va bene. Quando pensi di venire?

– Potrei venire con mio padre domenica prossima.

– Saremo sicuramente a casa.

– Verremo in treno. Così mio padre potrà riposarsi un po'.

– Per riconoscerci potrei mettermi un cartellino sul petto con scritto "Jack".

– Non sarà necessario. Io avrò la mia gatta, perciò non potrai sbagliarti. Sarà in una gabbia con le sbarre rosse. E io ho i capelli biondi, le trecce...

– Io ho gli occhiali e i capelli ricci. A che ora prevedete di arrivare alla stazione di Aosta?

– Abbiamo controllato l'orario su Internet. Saremo ad Aosta per le nove e mezzo.

– Ti aspetterò vicino all'edicola. Come si chiama la tua gatta?

– Alice.

– È un nome da bambina.

– Non ti piace?

– È un bel nome. Solo che è un po' insolito per una gatta. Casa nostra ha un grande giardino e Alice potrà farsi delle belle passeggiate, se vuole.

– Lo sai che sono proprio felice di incontrarti, Jack?

– Anch'io, Valentina. Sto già provando a immaginarmi come sei veramente.

– Io ho quasi indovinato come sei tu.

– E come hai fatto?

– Mi sto facendo aiutare dalla tua voce.

– Una voce non ha niente a che vedere con la faccia di una persona.

– Con i suoi sentimenti, sì, però. È come con le parole.

Poco dopo ho chiamato Ottilia.

– Ricordi che una volta ti ho parlato di Jack? – le ho detto.

– Ah, sì, quel bambino che hai incontrato su Internet.

– Domenica prossima vado a trovarlo ad Aosta.

– Non pensi che Tazio possa essere geloso?

– Geloso? E perché mai?

– Attenta a non innamorarti di Jack, Valentina. Certe storie cominciano con una lettera, poi vanno avanti con una telefonata...

– Ottilia, tu stai fantasticando!

DISCORSO CON ALICE. TRA FRATELLO E SORELLA

– Alice, preparati a fare un viaggio – ho detto alla mia gatta oggi pomeriggio, mentre l'accarezzavo sulla nuca.

A lei i viaggi non piacciono, lo so. Lei ama starsene a casa, spostarsi da una stanza all'altra, uscire ogni tanto sul balcone e guardare in strada. O guardare in alto, se per caso un passero incrocia il suo sguardo. Poi rientra, annusa qua e là, salta sul letto, va ad arrotolarsi nella cesta, chiude gli occhi e infine si addormenta.

– Vuoi provare a entrare nella gabbietta? – le ho chiesto mentre mi leccava una mano.

Sono andata a prenderla, l'ho aperta e l'ho messa davanti ad Alice.

– Dai, entra – l'ho incitata. – È grande, e ci starai comoda.

Si è avvicinata alla gabbia e l'ha annusata, una sbarra alla volta. Poi mi ha guardata.

– Su, entra. Non chiudo nemmeno lo sportello.

Le ho dato una spintarella e Alice è entrata miagolando nella gabbia. Ma dopo pochi secondi ne è uscita con un balzo.

– Non è una prigione! – ho detto.

Ma non doveva esserne troppo convinta, perché ha fissato la gabbia da lontano e ha scrollato la testa.

– Ci starai per poco più di un'ora e mezza. Poi ti lascerò andare nel giardino di Jack. Ci pensi? Sarà un'esperienza nuova per te.

Ho riportato la gabbia nello stanzino, e mentre ne uscivo ho incontrato Luca che rientrava con la mamma dalla spesa.

– Ciao, fratellino – gli ho detto.

– Ciao, sorellaccia.

– Beh, che ti prende? Vuoi bisticciare?

– Adesso stai sempre con papà.

– Puoi starci anche tu, se vuoi.

– Io sto bene con la mamma. E puoi anche andartene ad Aosta. Noi andremo a Superga. E sarà bellissimo. La mamma dice che mi farà fare due volte la salita e la discesa con la cremagliera.

– Speriamo che non esca dai binari!

– L'hanno riparata e non succederà più. E poi non augurarmi delle disgrazie!

– Ah, Luca, non sai proprio stare allo scherzo!

Conosco bene la cremagliera che porta a Superga. Sale lenta lenta tra alberi e villette, e quando arriva in cima respiri un'altra aria. Se non c'è foschia vedi le Alpi che circondano Torino e ti innamori ancora di più della tua città.

L'ho presa un paio di volte, e prima o poi voglio farlo di nuovo.

UN INCONTRO ALLA STAZIONE

– Che meraviglia di giornata! – ho esclamato stamattina, affacciandomi al balcone verso le sei e mezzo.

– Sei pronta? – mi ha chiesto mio padre.

– Prontissima! Possiamo andare.

Alla stazione, mio padre è andato a fare i biglietti e io l'ho aspettato al binario.

– Come si chiama? – mi ha chiesto una bambina indicando la mia gatta.

– Alice.

– Com'è bella! Dove vai?

– Ad Aosta.

– Peccato. Io vado a Milano. Mi sarebbe piaciuto viaggiare con voi due. Desidero da tanto tempo una gatta, ma i miei non vogliono comprarmela.

Allora la donna che le stava vicino ha detto con voce acida: – Scordatelo. Un gatto puzza, attira le pulci e rovina i mobili.

– Mi scusi, – le ho detto – i gatti sono pulitissimi e non rovinano i mobili se in casa hanno una colonnina di corda dove possono affilarsi le unghie.

– Sciocchezze. Un gatto non entrerà mai in casa nostra. Dovrai accontentarti di tenere quelli di peluche.

La bambina, che non doveva avere più di sette anni, ha replicato: – Ma quelli di peluche non parlano.

– Perché, quelli veri invece parlano? – le ha chiesto la donna ridendo.

– Certo – ho risposto io. – Basta saper interpretare il loro linguaggio.

La donna ha alzato le spalle e ha detto alla figlia: – È inutile che ti fai incantare da queste fantasie. Ecco, sta per arrivare il treno.

La bambina ha guardato Alice con occhi pieni di malinconia, poi ha infilato un dito tra una sbarra e l'altra della gabbia. Alice glielo ha annusato e perfino leccato.

La donna se n'è accorta: – Appena saliamo sul treno, vai subito a lavarti le mani.

In quel momento è arrivato mio padre.

– Abbiamo ancora un quarto d'ora da aspettare –. E, guardando la bambina, mi ha chiesto: – Ti sei fatta un'amica? Viene anche lei ad Aosta?

– No. Purtroppo va a Milano.

La bambina si è rivolta a mio padre: – È contento che sua figlia abbia una gatta?

– Sì, certo.

– Sei fortunata – ha sospirato la bambina rivolgendosi ad Alice. E a me ha chiesto: – Come ti chiami?

– Valentina.

– Io mi chiamo Francesca. Vuoi il mio numero di telefono?

E prima che potessi risponderle, me lo ha bisbigliato in un orecchio. Poi è salita sul treno, mi ha fatto un cenno con la mano ed è stata inghiottita dalla folla dei passeggeri.

Le telefonerò, un giorno o l'altro. Ma chissà se sua madre le permetterà di parlarmi. Quella donna non deve aver mai amato un animale nella sua vita. Poveretta.

UNA LUCCIOLA DOPO L'ALTRA

Dieci minuti dopo è arrivato il nostro treno. Era quasi vuoto, e il vagone sul quale siamo saliti era a nostra completa disposizione. Il controllore è arrivato quasi subito. Ha preso i biglietti e ha dato un'occhiata ad Alice. Poi ha aggiunto: – È tutto a posto. L'animale viaggia nel rispetto della legge. Maschio o femmina?

– Femmina – gli ho risposto.

Rimasti soli, ho detto a mio padre: – Grazie per avermi accompagnata. Luca dice che da un po' di tempo stai sempre con me. Forse pensa che lo trascuri.

– Non è così, e lui lo sa. Ma tu non ti annoi a stare con me?

– Scherzi? Sai raccontare storie come nessun altro, papà. Forse dovresti fare lo scrittore o recitare in teatro. Perché non mi narri un altro episodio della tua infanzia?

– Fammi pensare.

E mentre lui pensava, io guardavo le montagne con i fianchi ancora coperti di neve. Eccolo là, il Monviso. È proprio fatto a punta, non ti puoi sbagliare. È lì che nasce il Po.

– Ci sono! – ha esclamato alla fine mio padre. – Hai presente le lucciole?

– Sì.

– Bene. Una sera d'estate mi venne voglia di raccoglierne un po' in un barattolo di vetro e di regalarle a mia madre.

Appena fu buio, dissi ai miei: «Torno subito.».

«Ma subito subito!» mi raccomandò mia madre. «E non allontanarti troppo.»

Io invece, una volta entrato nei prati, lucciola dopo lucciola, non riuscivo più a fermarmi. E andavo avanti senza mai guardare indietro. Un'ora dopo, il barattolo era pieno di lucine. Ma a me sembravano sempre poche.

A un certo punto, però, mi venne sonno. Mi sdraiai sotto un albero e chiusi gli occhi.

Mi sdraiai sotto un albero e chiusi gli occhi…

Non so quanto tempo dormii. Era ormai notte quando venni svegliato da delle grida e da un abbaiare di cani.

All'inizio mi spaventai. Non mi rendevo conto di quello che stava succedendo. Poi udii la voce di mia madre che gridava: «Stefano, Stefano, dove sei? Rispondi!».

Allora mi alzai in piedi e urlai: «Mamma, sono qui!».

In pochi secondi, una folla di persone mi fu addosso. Mia madre si fece largo a spintoni, mi prese tra le braccia e, piangendo, mi ripeteva: «Stai bene? Stai bene? Ora andiamo a casa! Stai bene? Stai bene? Ora andiamo a casa.».

«Ho dimenticato le lucciole!» gridavo.

«Di quali lucciole parli? Andiamo, andiamo. Devi avere la febbre.»

Una volta a casa, mi lavarono e mi misero a letto. I rimproveri furono rimandati al giorno dopo. Ma io non riuscivo ad addormentarmi, perché pensavo al barattolo di lucciole abbandonato nei prati.

Il giorno dopo tornai a cercarlo, ma non lo trovai.

Da quella sera, però, non andai più a raccogliere lucciole. Al calar del buio mi appostavo al bordo dei prati e guardavo a lungo quello sciame di luci che si accendevano e spegnevano tra i fili d'erba, sotto le stelle.

Quando mio padre ha finito di raccontare, gli ho detto: – Una sera d'estate andremo a dormire dai nonni. Voglio guardare le lucciole insieme a te, papà.

UN UOMO E UN CANE

Il treno è arrivato a Chivasso. Sul marciapiede c'era molta gente, ma ho notato subito un uomo che si reggeva al braccio di una donna e si lasciava guidare da lei. Aveva gli occhi chiusi, la barba bianca e con una mano stringeva una cartella. La donna, invece, trasportava una valigia.

Sono entrati nel nostro vagone e sono venuti a sedersi di fronte a noi. Io ho preso Alice in grembo e mi sono messa a osservarli.

– *Bonjour* – ha detto la donna.

– *Bonjour* – le ha risposto mio padre, che conosce bene il francese.

Io invece ho detto: – Ciao.

Pensavo che fossero tutti e due francesi, ma l'uomo ha detto: – Siete comodi? Diamo fastidio?

– Non disturbate affatto – ha detto mio padre.

E quando Alice ha miagolato, l'uomo ha domandato: – Avete un gatto?

– È una gatta – gli ho risposto – e si chiama Alice.

– E tu come ti chiami?

– Valentina.

– Descrivimi la tua gatta, per favore, Valentina.

Ho preso fiato e ho descritto per filo e per segno il mantello di Alice, il colore dei suoi occhi, la lunghezza della coda e tutto il resto.

– Grazie – ha detto l'uomo. – Adesso vorrei accarezzarla.

– Ho paura che possa graffiarla.

– Non lo farà. Apri lo sportello della gabbia, per favore, e guida la mia mano.

Alice si era rintanata in un angolo e ha emesso un lieve soffio.

«Speriamo che non lo graffi» ho pensato.

La mano dell'uomo ha accarezzato il dorso di Alice, ha sfiorato la testa e si è posata sui suoi occhi. Quindi mi ha detto: – Puoi chiudere la gabbia. Grazie.

Ho sospirato di sollievo e ho detto: – Si vede che a lei piacciono gli animali.

– Avevo un cane bellissimo. A proposito, io mi chiamo Marc e lei è Natalie.

Marc ha offerto una mano a mio padre e a me, e gliela abbiamo stretta energicamente. Poi è stata la volta di Natalie, che ha detto: – *Enchantée*.

Ho chiesto a Marc: – Non ha più il cane?

– Purtroppo è morto.

– Era vecchio?

– È stato avvelenato.

– Oh, no!

– Viveva con noi a Parigi. Un giorno è entrato in un giardino, ha mangiato qualcosa di strano ed è morto.

Marc ha sospirato e ha aggiunto: – È vissuto con noi quasi undici anni, ed era un vero amico. Con lui mi fidavo a uscire da solo. Mi riportava a casa come una guida attenta.

– Non ha pensato di prenderne un altro?

– Il ricordo è ancora recente. Ma presto andremo al canile della nostra zona e daremo ospitalità a un'altra bestiola abbandonata.

– Anche la mia gatta era una randagia prima di entrare nella nostra casa.

– Hai fatto una cosa buona a prenderla in casa –. A un tratto Marc mi ha chiesto: – Ti sorprende che io parli italiano?

– Un po'.

– Adesso ti racconto come è andata.

IL RACCONTO DI MARC

– Sono nato al Cairo, in Egitto, da genitori italiani – ha cominciato Marc. – Quando ero bambino, ci siamo trasferiti in Toscana. La conosci?

– No, non ci sono ancora stata.

– Conoscerai Pinocchio, però. Io lessi questo libro e mi innamorai subito del burattino, oltre che della lingua italiana. Dopo il mio trasferimento in Francia, non l'ho più dimenticata. In Francia ho studiato e ho fatto il professore universitario. Durante la guerra ho sposato Natalie.

Natalie, che doveva capire l'italiano, ha accarezzato un braccio a Marc.

E Marc ha continuato: – Un giorno sono diventato cieco, ma questo non mi ha impedito di viaggiare e di tenere lezioni in giro per l'Europa. Vengo spesso anche in Italia perché ho molti amici qui. Adesso sto andando ad Aosta per tenere una conferenza. Tu dove sei diretta?

– Anch'io sto andando ad Aosta, però a trovare un amico.

Più tardi Marc mi ha domandato: – Hai voglia di raccontarmi com'è là fuori?

Il treno stava uscendo dalla stazione di Ivrea e stava percorrendo il ponte sulla Dora.

– In questo momento c'è la Dora sotto di noi – ho detto. – È gonfia d'acqua, ha un colore verdino ed è tutta scintillante... Adesso siamo entrati in una galleria.

A Pont Saint Martin ho detto a Marc: – Ormai siamo entrati nella Valle. Fuori c'è un gran vento e gli alberi si piegano. Vuole che le parli anche dei paesi e delle case?

– Sì. Sei molto brava a descrivere.

In realtà era molto difficile. Avrei voluto parlargli dei vigneti, dei campanili delle chiese, delle cascate che precipitavano di roccia in roccia, delle rovine dei castelli...

ma era difficile comunicargli le emozioni che tutte queste cose insieme mi suscitavano.

– Ecco... non è proprio così – mi correggevo ogni tanto.

– Vai pure avanti a raccontare, vai benissimo – mi incoraggiava Marc.

Quando siamo arrivati a Chatillon, mi ha detto: – Adesso basta, riposati. Io leggerò un po'.

Natalie ha aperto la cartella di Marc e ha tirato fuori un pacco di grandi fogli bianchi pinzati.

Li ho osservati con attenzione e ho notato che sulla superficie dei fogli c'erano dei puntini in rilievo disposti in vari modi.

Dunque era quello l'alfabeto Braille! Era la prima volta che lo vedevo ed ero molto incuriosita.

Le dita di Marc correvano sulla pagina, indugiavano al termine di una riga, quindi percorrevano la riga sottostante. Al termine di ogni pagina, Marc la staccava e la metteva da parte.

Dopo un quarto d'ora aveva accumulato un bel fascio di fogli.

Chissà che cosa ne avrebbe fatto?

ARRIVEDERCI, MARC. CIAO, JACK!

Prima che il treno entrasse nella stazione di Aosta, Marc mi ha chiesto: – Ti interessano questi fogli?

– Vuol dire che vorrebbe regalarmeli? Sarebbe un bel ricordo per me. Io, però, non ho niente per ricambiare.

– Mi hai già regalato i tuoi occhi. I paesaggi, il fiume, le case che mi hai descritto non li dimenticherò. Pensi di venire a Parigi, un giorno?

– Forse.

– In tal caso, ci farà piacere incontrarti di nuovo e ospitarti. Natalie, dalle un mio biglietto da visita, per favore.

Poi, dopo aver indossato la giacca con l'aiuto della moglie, mi ha stretto una mano e mi ha detto: – Attenta alla tua gatta. Anche lei avrà bisogno del tuo affetto.

Marc è sceso dal treno sorretto da Natalie e si è allontanato.

– Mi sento un po' stordita – ho detto a mio padre.

– Una cosa alla volta, Valentina. Adesso vediamo di non lasciarci sfuggire il tuo amico. Dove hai detto che ci aspetta?

– Vicino all'edicola.

– Allora andiamo.

Ed eccolo lì, Jack, accanto a suo padre, la bocca stretta e gli occhi spalancati dietro gli occhiali.

L'ho riconosciuto subito, e anche lui ha riconosciuto me.

Quando siamo stati uno di fronte all'altra, ci siamo guardati per qualche secondo senza parlare.

Alla fine sono stata io a dire: – Ciao, Jack.

– Ciao, Valentina.

Avrei voluto abbracciarlo, ma mi sono trattenuta e gli ho stretto la mano. Lui era molto imbarazzato.

– Beh, succede anche questo nella vita! – ha detto allegramente suo padre. E dopo aver stretto la mano al mio, ha aggiunto: – La macchina è sul piazzale... se i vigili non l'hanno portata via!

La macchina era grande, e io mi sono seduta sul sedile posteriore insieme a Jack.

– Abbiamo solo un paio di chilometri da fare – ha detto il padre di Jack. – È la prima volta che vieni ad Aosta, Valentina?

– Sì, ma un po' mi sembra già di conoscerla, perché Jack me ne ha parlato nelle sue lettere.

La casa di Jack era una villetta a due piani. Aveva un grande giardino e nel giardino, acquattato all'ombra di un cespuglio... c'era un gatto!

– Anche tu hai un gatto? Non me ne hai mai parlato! – ho detto a Jack.

Ci siamo riconosciuti subito...

– Ce l'ho da poco. Volevo farti una sorpresa. È buono, non bisticcerà con lei.

Il gatto di Jack ha lasciato l'ombra del cespuglio. Era un bel gatto soriano dal mantello screziato. Jack lo ha preso in braccio e mi ha detto: – Si chiama Bill. Libera pure la tua gatta. Sono certo che faranno subito amicizia.

Io non ne ero molto sicura, ma ho messo per terra la gabbia ugualmente. Prima di aprire lo sportello, ho raccomandato ad Alice: – Corri subito da me se non ti senti tranquilla.

Bill è saltato a terra e ha fatto un po' di giri intorno alla gabbia. Poi si è allontanato. Alice si è decisa a lasciare la gabbietta e ha fatto i primi passi con la coda bassa e le orecchie piegate.

– Accomodatevi, vi porto qualcosa da bere – ha detto il padre di Jack.

Mio padre e io siamo andati a sederci su un enorme divano e Alice si è diretta verso il giardino.

QUANTI RICORDI!

– Questo succo di mela è un vero nettare – ha detto il padre di Jack.

Io ho bevuto il mio a piccoli sorsi; intanto osservavo Jack. A un certo punto lui mi ha detto: – Vieni, voglio mostrarti il mio computer.

L'ho seguito al piano di sopra e sono entrata in camera sua. Era strapiena di cose! C'erano una scrivania, un computer, tanti scaffali alle pareti, due librerie, ceste di giochi, un vecchio triciclo, una poltrona, poster dappertutto, un mappamondo e un letto coperto da una trapunta a scacchi.

– Questo è il computer dal quale ti scrivo – ha detto Jack. – Chi l'avrebbe detto... Sono contento di conoscerti di persona, Valentina.

– Anch'io.

– Mi immaginavi così?

– Più o meno.

– Noti qualcosa sul mio viso? –. Jack infatti si era ustionato cadendo su un falò.

– No.

– I medici sono stati bravi. Ma è costato molti soldi. Tanto che a un certo punto mio padre ha perfino pensato di vendere questa casa. Spero che non succeda mai. In questa casa ci sono i miei ricordi più belli.

Ho girato lo sguardo nella stanza e alla fine ho visto la foto di una giovane donna che sorrideva.

– È mia madre – ha detto Jack. – Era bellissima. Avevo sei anni quando... ma non voglio parlarne, se non ti dispiace.

– Hai molti libri. Perfino più di me – ho osservato, tanto per cambiare discorso.

Alla mia osservazione, Jack si è rianimato.

– Formano una vera biblioteca – ha detto. – Sceglinc uno come ricordo, se ti va.

Ho dato una scorsa ai libri, finché ne ho visto uno che aveva sul dorso dei fregi dorati. Si intitolava *Giorni di sogno*. E ho chiesto a Jack: – Lo hai letto? Di che cosa parla?

Lui ha preso il libro, lo ha sfogliato e mi ha risposto: – Parla di bambini vissuti molto tempo fa. Lo vuoi? Te lo regalo volentieri. Ora vieni, seguimi.

Jack mi ha presa per mano e mi ha accompagnata in giardino. C'erano molte aiuole, un piccolo stagno, un albero di pesco e uno di pero coperti di fiori rosa e bianchi.

– Chissà dov'è Alice – ho detto. – Pensi che sia andata in strada?

– Secondo me sta esplorando la rimessa insieme a Bill. Vedrai che tra poco si rifaranno vivi. Ti piace il giardino?

– È bellissimo.

Mi sarebbe piaciuto averne uno simile. Com'era lontana la mia città in quel momento! E com'erano belle e rassicuranti le montagne che circondavano e proteggevano la casa di Jack!

– Sei mai stato su quelle montagne? – gli ho chiesto.

– Sì. A volte vado con mio padre, a volte da solo. Basta prendere un pullman e in poco tempo si arriva fino a 1.800 metri di altezza. Se non dovessi rientrare a casa stasera, potremmo salirci insieme.

– La mamma ci aspetta a casa per cena.

– Ci andremo un'altra volta. Verrai a trovarmi di nuovo?

– Sì. Però mi piacerebbe che prima venissi tu a trovarmi a Torino.

– Lo farò.

NICK

Il padre di Jack aveva prenotato in un ristorante del centro. Ma erano solo le undici e Jack mi ha detto: – Ti mostro la mia città – . E siamo andati in piazza Chanoux.

– Che ne dici? – mi ha chiesto Jack.

– Le piazze mi piacciono tutte – gli ho risposto. – Sono i posti giusti per stare insieme e per chiacchierare. Io sono una chiacchierona nata. Chiacchiero con le persone, con gli animali, con le piante... perfino con le pietre!

– Sei proprio un bel tipo, tu.

– Vuoi dire che sono strana?

– Un po'.

– Che cosa sarebbe la vita se non ci fossero delle persone strane a movimentarla? Tu ne conosci qualcuna?

– Sì. Vieni con me.

Jack mi ha presa per mano e mi ha guidata fra le stradine del centro. Si guardava intorno come se cercasse qualcuno, poi, finalmente, si è fermato e ha esclamato: – Ah, eccolo! – e mi ha indicato un uomo seduto su una coperta accanto a una chiesa.

– Chi è? – gli ho chiesto.

– Nicola. Ha quasi cent'anni.

Nicola ha alzato una mano per salutare Jack, che gli ha chiesto: – Come stai oggi?

– Come stavo ieri e come spero di stare domani, Jack. Chi è questa bella bambina?

– Un'amica. Si chiama Valentina e abita a Torino.

– Buongiorno... signor Nicola.

– Signor Nicola! Ah, Valentina, vuoi proprio farmi ridere. Però... grazie. Essere chiamato "signore" mi piace.

Nicola si è girato per spostare la ciotola in cui raccoglieva le monete che gli davano in elemosina le persone che entravano in chiesa. Così ho notato che su metà della sua faccia la pelle era completamente rovinata: scavata, tutta pieghe.

Jack si è accorto del mio sguardo e ha abbassato gli occhi.

– Hai qualche novità da riferirmi, Jack?

– Più novità di lei!

E Jack ha indicato me, che continuavo a restare zitta.

– Giusto. Devi essere orgogliosa dell'amicizia di Jack – mi ha detto Nicola. – Questo ragazzo ha un grande futuro. Tu che tipo sei, Valentina?

– Un tipo normale – gli ho risposto.

– Non è possibile. Altrimenti non saresti qui. Non mi chiedi cos'è successo alla mia faccia? Chiedilo a Jack: lui sa tutto di me.

– Adesso dobbiamo andare, Nick – ha detto Jack. – Torno a trovarti domani. Tieni, questo è per l'affitto.

E Jack ha deposto una busta nella ciotola di Nick.

– Attento a non fartela rubare – gli ha raccomandato. – A domani, Nick.

FANTASMI IN LIBRERIA

Jack mi ha ripreso la mano e siamo tornati verso piazza Chanoux.

– Chi è veramente Nicola? – gli ho chiesto.

– Un eroe. Molti anni fa salvò da un incendio la figlia di un turista. La bambina se la cavò senza danni, ma Nick rimase con la faccia devastata. Quando gli dissero che nell'albergo era rimasta intrappolata una bambina, entrò e corse fino al primo piano per salvarla. Si ruppe anche una gamba e oggi cammina a fatica. In ogni modo, la bambina ritornò in Francia con i suoi, e Nick è rimasto qui, a chiedere l'elemosina.

– Come l'hai conosciuto?

– L'ho incontrato quando avevo anch'io la faccia bruciata. Ci parlammo a lungo e da allora è diventato un mio grande amico. Lo aiuto con il consenso di mio padre. Vieni, voglio farti conoscere un'altra persona.

Dieci minuti dopo ci siamo fermati davanti alla vetrina di una vecchia libreria. Era formata da un solo locale in penombra e dietro al banco c'era un'anziana donna che leggeva con gli occhiali sul naso.

– Ciao, Charlotte, ti disturbo? – le ha chiesto Jack entrando.

– Ciao, Jack. Sei sempre il benvenuto, lo sai bene.

Nella libreria c'era odore di inchiostro e di vecchi libri.

– Lei chi è?

– Valentina. Viene da Torino.

– Ti piacciono i libri? – mi ha chiesto Charlotte.

– Sì.

– Allora sei la benvenuta anche tu. Gli autori dei libri che vedi sono tutti morti da moltissimo tempo, però continuano a vivere grazie a Charlotte. Questa è una libreria antiquaria, Valentina. Avete fretta?

– Non tanta – ha risposto Jack.

– Allora sedetevi e chiacchieriamo un po'.

Jack e io ci siamo seduti su due sgabelli.

– Ah, Jack, peccato che sei così giovane! – ha esclamato Charlotte.

– Vorresti sposarmi? – ha chiesto Jack stupito.

Charlotte è scoppiata a ridere e ha posato sul banco il libro che aveva in mano.

– Se non avessi settant'anni suonati, ci farei un pensierino, ragazzo – ha detto guardando Jack con un'aria scherzosa e intenerita insieme. – Ma se arrivo ad averne almeno ottantaquattro, tu ne avrai venticinque. E allora potrei avere altri progetti per te!

– E cioè?

– Lasciarti la mia libreria, per esempio.

– Dici davvero?

– Mai stata più sincera. Non ho un nipote né un parente che sia in grado di fare questo lavoro. E tu con i libri ci sai fare, ormai l'ho capito. Beh, che ne dici?

Jack ha guardato Charlotte, per capire se stesse scherzando o parlasse sul serio, poi ha detto: – Non ho mai pensato di fare il libraio. Ma farlo nella tua libreria mi piacerebbe molto. Però venderei anche libri moderni per ragazzi.

Charlotte ha storto il naso e ha detto:

– Non è possibile, Jack. Non sarebbe più la libreria che è. Solo in una libreria come questa entrano i fantasmi.

– I fantasmi? – ho chiesto.

– Ma certo, cara. Come li definiresti quei simpatici vecchietti che arrivano da lontano e cercano un libro stampato duecento anni fa?

UN PRANZO DA RE

Prima di lasciarci andar via, Charlotte ha voluto leggerci alcune pagine di un libro intitolato *L'età d'oro*.

Charlotte ha una bella voce e mentre leggeva mi sembrava di essere nel luogo in cui si svolgevano le vicende raccontate.

Alla fine, Charlotte mi ha chiesto: – Che cosa ne faresti di questo libro se te lo regalassi, Valentina?

– Lo leggerei e poi lo metterei al posto d'onore in uno scaffale della mia libreria.

– Allora è tuo.

– Ma dev'essere un libro prezioso.

– Lo credo bene. Nella mia libreria ci sono soltanto libri rari e preziosi. A Jack ne ho già regalato qualcuno. Tieni, prendilo e portalo a Torino.

Ho preso il libro, ho abbracciato Charlotte e le ho detto "grazie" in un orecchio.

Charlotte ci ha letto un libro...

– Torna a trovarmi, Valentina. Anche i fantasmi giovani mi piacciono!

Il libro che mi aveva regalato Charlotte aveva una copertina di cuoio, e ho continuato ad annusarlo per tutto il tragitto verso casa di Jack.

– Che strane persone conosci – gli ho detto.

– Le ho conosciute quando non avevo il coraggio di uscire in strada e di stare con gli altri ragazzi.

Il padre di Jack ci stava aspettando.

– Non avete fame? – ci ha chiesto.

– Altroché! – ho risposto io. – Poso questo libro e arrivo. Papà, hai visto Alice?

– L'ho intravista poco tempo fa in compagnia di Bill.

– Stava bene?

– Mi è sembrato proprio di sì.

– Te l'ho detto che Bill è un gattone affettuoso – mi ha detto Jack.

Poi siamo saliti in macchina e ci siamo diretti al ristorante.

Il ristorante era a conduzione familiare e i padroni, marito e moglie, ci hanno accolti come se fossimo loro parenti.

– Buongiorno, ingegnere – hanno detto al padre di Jack.

– Buongiorno Pierre, buongiorno Sophie. Trattamento speciale, mi raccomando. Jack ha ospiti e vuole che lascino la città con un bel ricordo della cucina valdostana.

– Lasci fare a noi.

Ci siamo accomodati a un tavolo coperto da una candida tovaglia e quasi subito sono arrivati due cestini con vari tipi di pane. Ho cominciato ad assaggiarli tutti, e intanto pensavo ad Alice.

Era strano che avesse fatto subito amicizia con Bill. Alice non ha mai conosciuto altri gatti, almeno da quando è con me.

– Buon appetito – ci hanno augurato Pierre e Sophie.

– Ti piace la fontina? – mi ha chiesto il padre di Jack.

– È un formaggio, vero?

– Sì. Nel piatto che hai davanti ce n'è sciolta un bel po'. Assaggia e dimmi che cosa ne pensi.

Ne ho messo in bocca un pezzo, e dopo aver masticato e inghiottito il boccone ho detto: – Buona.

Al momento di alzarci da tavola, mi sentivo piena come una botte. Siamo andati a sederci davanti a un bar in piazza Chanoux e ho mangiato una coppa di gelato e macedonia.

– Sono a posto fino a domani – ho detto dopo avere fatto sparire l'ultima cucchiaiata.

ALICE SI NASCONDE

Abbiamo trascorso il pomeriggio passeggiando nei boschi intorno ad Aosta e costeggiando la Dora, con le sue acque tumultuose.

Sapevo che a un certo punto avrebbe versato le sue acque nel Po. Nel Po che attraversa Torino e che tante volte vado a contemplare. Una volta sono stata al Piano del Re e ho visto dove nasce il Po. Com'è piccolo, prima di diventare immenso...

Pensavo che il padre di Jack ci avrebbe fatto conoscere la fidanzata, invece non ha proprio accennato a lei. Nemmeno Jack, per la verità, ha toccato questo argomento. E io non gli ho fatto domande. Sono curiosa, ma non mi piace fare la ficcanaso.

Alle cinque e mezzo eravamo di nuovo a casa di Jack.

– Il treno parte alle sei e trenta – mi ha ricordato mio padre.

– Prendo Alice e poi possiamo andare.

Ho perlustrato il giardino da cima a fondo, ma di Alice non c'era traccia.

Abbiamo trovato Bill, invece, che se ne stava allungato sopra una vecchia panca, a prendersi gli ultimi raggi di sole.

– Bill, dov'è Alice? – gli ha chiesto Jack.

Ma Bill ha chiuso gli occhi e non si è mosso.

– Non capisco – ha detto Jack. – Diamo un'occhiata nella rimessa.

Ma è stato inutile. Dietro i tosaerba, i rastrelli, le scope e le assi di legno, Alice non c'era.

– E se fosse fuggita? Forse lei e Bill hanno bisticciato, e Bill l'ha cacciata via – ho detto.

– Bill non farebbe mai una cosa del genere.

Anche i nostri papà si sono messi a cercare la gatta sulla strada davanti a casa. Io sono rientrata nella villa e mi sono messa a perlustrare tutte le stanze.

– Alice... Alice... dove ti sei nascosta? Non vorrai che torni a casa da sola! Per favore, fatti trovare.

Sono salita al piano di sopra e ho messo il naso nella camera di Jack e in quella di suo padre.

E finalmente ho sentito un debole miagolio. Dapprima non sono riuscita a individuarlo, poi ho capito che proveniva da sotto il letto del padre di Jack.

Mi sono inginocchiata, ho sollevato un lembo della coperta e l'ho vista accoccolata vicino al comodino.

– Alice! – ho esclamato.

Mi sono infilata sotto il letto e dopo averle fatto un po' di carezze, l'ho tirata fuori.

Lei ha miagolato come se fosse leggermente infastidita, ma poi si è fatta prendere in braccio.

– Su, si torna a casa. Perché sei andata a nasconderti sotto il letto? Jack, Jack! L'ho trovata!

Ho rimesso la mia gatta nella sua gabbietta e mi sono preparata a salutare Jack e suo padre.

– Ho passato davvero una bella giornata – ho detto.

– E noi siamo stati felici di ospitarvi – ha ribattuto il padre di Jack.

– Ah, dimenticavo di darti una cosa – ha

aggiunto poi Jack. – Vieni con me, Valentina.

Siamo andati nella sua camera e Jack ha preso un pacchettino da un cassetto della sua scrivania.

– È per te – mi ha detto. – È una civetta. È in legno ed è lavorata a mano. L'ho comprata da un artigiano molto conosciuto. Spero che ti piaccia.

– Io non ho portato niente per te.

– Mi hai portato la tua compagnia.

– Quando verrai a trovarmi penserò a qualcosa di carino anch'io.

Jack mi ha guardata come se si aspettasse che facessi qualcosa.

Allora l'ho abbracciato e l'ho tenuto stretto per un po'.

– Valentina, rischiamo di perdere il treno! – ha gridato mio padre dalla cucina.

Alla stazione siamo arrivati due minuti prima che il treno partisse.

Io sono rimasta affacciata al finestrino finché, a una curva, Jack e suo padre sono spariti alla vista.

STRANI INCONTRI IN TRENO

Il ritorno è stato un po' triste.

Ho ripensato a Jack e alle persone che conosceva, per le quali in qualche modo era importante. Era cresciuto più in fretta di me: la perdita della madre prima, l'incidente poi... per fortuna aveva un padre dolcissimo.

E speravo che anche la nuova fidanzata di suo papà gli volesse bene.

– Eh sì, se lo merita proprio! – ho esclamato ad alta voce, senza volerlo.

– Come hai detto? – mi ha chiesto mio padre.

– Pensavo a Jack.

– Dove siete andati?

– In giro per Aosta. Vuoi che ti racconti?

Mi ha ascoltata attentamente, infine ha detto: – È stata una giornata interessante, no?

– Sì. Ho anche incontrato Marc: dev'essere terribile non vedere nulla, papà.

– Marc guarda con altri occhi. E non è detto che veda meno di quello che vediamo noi.

Il treno attraversava le gallerie e i ponti sulla Dora, lasciandosi dietro Jack, Nick e Charlotte. Io portavo con me immagini, voci e parole. E Alice, cosa riportava a Torino?

– Ti sei divertita? – le ho domandato. – Perché sei così mogia? Com'era Bill? Non è stato antipatico con te?

Poi ho chiesto a papà: – Non ti sembra un po' strana?

– A me sembra solo un po' stanca. E credo che abbia voglia di dormire. Meglio così.

Ed è stato davvero meglio così: al contrario dell'andata, il vagone era affollato di passeggeri e i miagolii di Alice avrebbero potuto infastidire qualcuno.

Un ragazzo seduto vicino a me a un certo punto ha detto: – Ho sempre desiderato attaccare un barattolo alla coda di un gatto!

– Ma non hai niente di meglio da desiderare nella tua vita? – gli ho chiesto.

Il ragazzo ha alzato le spalle e ha replicato: – Mi fate proprio ridere, voi padroni di gatti.

– A me, invece, tu fai solo piangere.

– Ehi, non scaldarti troppo.

Mio padre stava per intervenire, ma io gli ho fatto cenno di trattenersi. Volevo sbrigarmela da sola. Il ragazzo, però, si è coperto le orecchie con le cuffie di un walkman e non ha più detto niente. È sceso ad Ivrea e il suo posto è stato preso da un giovane senegalese con una valigetta zeppa di portafogli, ciondoli, collane, bracciali...

– Bello quel gatto. È tuo? – mi ha chiesto.

– Sì, però è una gatta. Si chiama Alice.

– Penso che una collanina le starebbe bene.

– Sarebbe come un collarino. No, non mi piacerebbe.

– E tu che ne dici di un braccialetto di chicchi di legno come questo? Porta anche fortuna.

Il braccialetto era bello e gli ho chiesto: – Quanto costa?

– Poco. Tre euro.

– Non è proprio poco...

– Posso fare due euro. Non meno.

– Vanno bene tre euro – ha detto mio padre, prendendo i soldi dal suo portafoglio. Il senegalese gli ha sorriso, ha preso il braccialetto e me lo ha infilato al polso.

Prima di scendere a Chivasso, mi ha detto: – Grazie per i soldi. Adesso posso andare a mangiare qualcosa.

UNA STORIA PER OTTILIA

Il pranzo al ristorante dovevo averlo smaltito in fretta, nonostante la fontina e il resto. Infatti a cena avevo una gran fame.

Ma prima di sedermi a tavola, ho chiamato Ottilia.

– Beh, come è andata? – mi ha chiesto. – Com'è Jack?

– È un bel tipo.

– Nel senso che è affascinante come un attore del cinema?

– Nel senso che è sensibile.

– Mi piacerebbe conoscerlo.

– Lo conoscerai, perché verrà a trovarmi a Torino.

– Allora considerami invitata. Magari nasce una bella storia d'amore tra me e lui. Comunque... hai fatto i compiti per domani?

– Quali compiti? Non mi sembra che ce ne abbiano dati.

– Valentina, la gita deve averti annebbiato il cervello. Per domani abbiamo tre espressioni lunghissime e un problema di geometria. Controlla sul diario.

Ho verificato sul diario: Ottilia aveva ragione! Guai se fossi andata a scuola senza i compiti fatti!

Il professore di matematica mi avrebbe scoperta subito e chiamata alla lavagna. Come devo fare con quell'uomo? Perché continua ad avercela con me?

DISCUSSIONI FILOSOFICHE DAVANTI ALLA SCUOLA

Stamattina sono arrivata a scuola con un po' di anticipo.

– Ce l'hai fatta? – mi ha chiesto Ottilia.

– Sì. Sarei rimasta sveglia fino a mezzanotte pur di non farmi rimproverare dal professore di matematica. Niente di nuovo sotto il sole, O?

– Weekend penoso, al contrario del tuo, V. Potevi invitare anche me ad Aosta!

– Dai, non era possibile. Era una questione personale tra me e Jack, lo sai.

– Lo so. È che mi sono annoiata a morte e non sapevo che cosa fare da sola. Forse dovremmo allargare la cerchia delle nostre amicizie, cercarci un'altra amica del cuore. Così, quando ne manca una, c'è l'altra che la sostituisce.

– Ottilia, secondo me l'amica del cuore è solo una. Le altre non contano.

– Hai ragione. Ah, ecco Tazio.

Ero così contenta di vederlo che lo avrei abbracciato davanti a tutti.

A volte ti vengono in mente degli strani pensieri. Ti sembrano giusti, belli, addirittura stupendi. Vorresti fare subito quello che il cuore e la testa ti comandano... e invece ti trattieni, perché pensi: «Che cosa diranno gli altri?». Gli altri... ma chi sono gli altri? E perché devono impedirci di realizzare i nostri desideri? Allora noi non siamo veramente liberi? Ma che significa essere davvero liberi?

Mi sto specializzando a fare domande, negli ultimi tempi. E così, per non smentirmi, ho chiesto a Tazio: – Tu oggi sei lo stesso di ieri?

– Credo di sì.

– Non è possibile.

– Perché?

– Perché, se non altro, hai un giorno in più.

– Ma non si vede.

– È vero. Ma il sole ieri sera è tramontato e stamattina è sorto di nuovo. Questo è un fatto.

– Ho capito, è meglio che cambi aria – ha detto Ottilia. – Ci vediamo più tardi, quando avrete risolto i vostri problemi filosofici.

Ottilia si è allontanata, e io e Tazio ci siamo spostati in un punto meno affollato del marciapiede.

– Com'è andata con Jack? Siete diventati amici?

– Veramente un po' lo eravamo già.

– Vi vedrete di nuovo?

– Penso che verrà a Torino. Te lo farò conoscere.

– È simpatico?

– Abbastanza –. Tazio ha girato la faccia, e io ho aggiunto: – Ma non quanto te.

Lui ha alzato le spalle.

– Perché non mi guardi? – gli ho chiesto. Tazio allora mi ha guardata e io ho continuato: – Non sarai geloso?

– Geloso? E perché?

– Beh, uno è geloso se pensa che... cioè... io sarei gelosa se... insomma, tu mi vuoi bene?

– Certo.

– Mi accompagni a casa all'uscita da scuola?

– Sì.

– Stai bene?

– Sì.

– E allora perché sei diventato rosso?

– E tu perché fai tante strane domande?

– Perché voglio capire bene quello che succede.

– E adesso hai capito quello che succede?

– Più o meno. Cos'hai vicino all'occhio?

– Dove?

– Qui, tra il naso e le ciglia.

E con le dita gli ho sfiorato la guancia sinistra.

In quel momento è passato Roberto, che ha sghignazzato e ha detto: – Lo sapete che è vietato farsi smancerie in pubblico?!

QUATTROCENTO PAGINE SUI GATTI

Alice in questi giorni è più affettuosa del solito. Mi viene dietro ovunque vada, mi salta in braccio quando sono seduta in poltrona, si addormenta addirittura sulle mie ginocchia. A quel punto sono costretta a rimanere immobile. Leggo un paio di capitoli di un libro, poi la sollevo e l'adagio sul letto.

– Ho da fare – le dico. – Buona dormita.

Rifletto spesso sul mio rapporto con Alice. Quello che so dei gatti l'ho imparato osservando lei. Eppure, da alcuni giorni, mi è venuta la curiosità di sapere qualcosa di più scientifico, diciamo così, sui felini. Potrei fare una ricerca su Internet. Ma tra tante notizie, rischio di smarrirmi...

No, ho deciso di comprare un libro completo sui gatti. Quanto avevo nel salvadanaio? Venticinque euro...

Sarebbero sicuramente bastati.

E poi Roberta mi avrebbe fatto lo sconto. È la libraia più simpatica, più aggiornata, più competente, più istruita, più colta, più preparata, più... più... più tutto, che io conosca.

Lavora in una libreria per ragazzi del centro e ogni tanto vado a trovarla. Non solo per comprare libri ma anche per chiacchierare.

E così oggi pomeriggio, verso le quattro, ho preso il pullman e sono andata da lei.

Appena mi ha vista, Roberta ha esclamato: – Valentina, hai smesso di leggere?

– Non potrei mai.

– Però è quasi un mese che non ti fai vedere.

– Colpa della scuola. Ci danno un mare di compiti. Per poter leggere un romanzo sono costretta a fare i salti mortali.

– Ma perché a scuola non vi fanno leggere e basta? Secondo me nelle storie c'è tutto quello che serve, e non c'è bisogno di studiare altro.

– Magari fosse così! Perché non hai fatto la professoressa, tu?

– Perché non mi avrebbero permesso di fare quello che avrei voluto.

– Se devo dire la verità, Linda, cioè la mia prof di lettere, la pensa quasi come te. Anche lei è una grande appassionata di storie e di romanzi.

– Allora è una professoressa intelligente.

– Non solo. È una che sa ascoltare i ragazzi. Sono così contenta che sia capitata proprio a me... con lei non bisticcio come col prof di matematica.

– Valentina che bisticcia con i professori! Questa è nuova! Ma non mi sorprende. Hai un bel caratterino, tu.

– In che senso?

– Nel senso che sai. Ti conosco, ormai. Allora, hai bisogno di un libro in particolare oppure sei venuta qui solo per curiosare un po'?

– Sono venuta per acquistare un libro sui gatti.

– Devi fare un regalo?

– Sì, a me stessa. Sai che ho una gatta che si chiama Alice, no? Beh, da alcuni giorni la vedo un po' strana e ho deciso che voglio sapere proprio tutto sul mondo dei gatti. Perciò cerco un libro che ne parli a fondo. E vorrei che tu mi aiutassi a trovarlo.

– Ho quello che fa per te. Nei giorni scorsi ne è arrivato uno di quattrocento pagine. Se riesci a leggerlo tutto, alla fine i gatti non avranno più segreti per te. Te lo faccio vedere.

Ho seguito Roberta verso uno scaffale sul quale erano allineati manuali, atlanti ed enciclopedie. Quando ho avuto tra le mani il libro del quale mi aveva parlato, ho detto: – Mi ci vorranno almeno due mesi per finirlo. Quanto costa?

– Ventiquattro euro.

Dopo aver pagato il libro, mi sono trattenuta un'altra decina di minuti a parlare con Roberta. Alla fine l'ho salutata e sono andata a prendere il pullman per tornare a casa.

IL CASO NON ESISTE

SUL PULLMAN ho cominciato subito a sfogliare il libro, e mi sono messa a leggere le pagine che descrivevano come i gatti catturano le prede.

Sono dei cacciatori professionisti, così almeno diceva il libro, ma io ho fatto un po' di fatica a immaginarmi Alice che rincorreva una gallina nel pollaio.

Lei il cibo lo ha sempre trovato pronto nella sua scodella, e non ha mai avuto bisogno di cacciare nessun animale per nutrirsi... beh, almeno da quando è venuta ad abitare da noi!

Ho letto una decina di pagine, poi ho rimesso il libro nel sacchetto di plastica e l'ho posato sul sedile libero accanto al mio.

Ho chiuso gli occhi e mi sono messa a pensare a Tazio.

Mi faceva piacere pensare che fosse un pochino geloso. Se uno è geloso, vuol dire che non può fare a meno di te, no? Però la gelosia non è tanto bella, a pensarci bene. Ti fa star male, ti mette tutta sottosopra... insomma, ti toglie la pace e la tranquillità. Come siamo complicati, noi esseri umani! Invece gli animali...

Ma, prima di finire questo pensiero, ho riaperto gli occhi e ho visto che il pullman era fermo proprio alla mia fermata. Sono schizzata dal mio sedile, ho raggiunto l'uscita e sono saltata a terra un attimo prima che le porte si richiudessero alle mie spalle.

Ce l'avevo fatta!

Ma il libro? Oh, no! Lo avevo lasciato sul pullman!

– Ferma! Ferma! – ho gridato sbracciandomi verso l'autista.

Ma il pullman si era già allontanato dal marciapiede e correva verso l'altra fermata.

Mi veniva da piangere...

Il libro mi piaceva e non avevo nessuna

speranza di recuperarlo. Non erano segnati né il mio indirizzo né il numero di telefono, e tra la fermata dov'ero e quella successiva c'erano almeno trecento metri... chissà, forse più avanti poteva esserci un blocco del traffico, un semaforo guasto che rallentasse tutto...

Mi sono messa a correre scansando persone, carrozzine e pali della luce, finché sono crollata su una panchina vuota per riprendere fiato.

– È tuo, vero? – ha detto una voce alle mie spalle.

Mi sono girata, e davanti a me c'era una donna con il mio libro in mano. Sono balzata in piedi, l'ho preso e per la sorpresa non l'ho nemmeno ringraziata.

– Ero seduta dietro di te – ha ripreso la donna – e ho notato che eri intenta a leggere. Quando ti ho vista correre verso l'uscita senza il tuo libro, l'ho preso e sono scesa alla fermata dopo. Per fortuna mi sei venuta incontro.

– Volevo raggiungere il pullman, ma poi ci ho rinunciato.

– Nella vita capita spesso di ritrovarsi a metà strada.

– Io... io non so come ringraziarla.

– Di niente. Mi piacciono i bambini che leggono.

– Scommetto che lei è un'insegnante, una bibliotecaria o qualcosa del genere.

– Completamente sbagliato. Io lavoro in un laboratorio farmaceutico e maneggio sostanze chimiche. Ma quando torno a casa, faccio una doccia per togliermi di dosso tutti gli odori del laboratorio, mi siedo in poltrona e leggo. Come ti chiami?

– Valentina.

– Io Giorgia. Ciao, Valentina. Piacere di averti incontrata.

– Grazie ancora. Magari un giorno, chissà, lo perde lei un libro, io lo trovo e le vengo incontro...

– Non si sa mai, tutto è possibile. E il caso non esiste.

NON È POSSIBILE, NON È POSSIBILE!

Da tre giorni sono immersa nella lettura del libro. Quante cose sto imparando! E sono tutte curiose e interessanti. È come se stessi leggendo un romanzo, non un testo scientifico.

Oggi me ne stavo sprofondata in poltrona con il libro davanti e a un certo punto ho detto ad Alice: – Quasi quasi vorrei essere una gatta anch'io. Sei perfetta, mia cara, sai? In pratica, è come se fossi una piccola tigre.

Alice era allungata sul mio letto e ha aperto un occhio. Poi ha aperto anche l'altro e ha fatto mezzo giro su se stessa. Si è messa sul dorso e mi ha offerto la pancia. Allora sono andata a sedermi sul letto e ho cominciato ad accarezzarla delicatamente. Mi sono sorpresa, perché ho sentito la sua pancia molto gonfia sotto le dita. Era la prima volta che la vedevo così.

– Sei sicura di star bene, Alice? – le ho chiesto a bassa voce. Lei ha miagolato. – Aspetta, do un'occhiata al libro.

Ho consultato l'indice analitico, ho cercato in fretta le pagine che mi interessavano, ho letto quello che riportavano e alla fine...

– Non è possibile! – ho mormorato quando sono riuscita a tirar fuori il fiato. – Non è possibile! – ho ripetuto guardando Alice che continuava a starsene pancia all'aria.

Mi sono seduta nuovamente sul letto e le ho sfiorato la pancia. Era esattamente come la descriveva il libro. E il comportamento di Alice negli ultimi giorni si accordava esattamente con quello che veniva spiegato. Tutto coincideva. Ma io continuavo a non crederci.

– Non è possibile! – mi ripetevo. – Il libro si sbaglia. O forse sono io che interpreto male.

Eh, sì, perché se invece era vero quello che il libro diceva, la mia gatta, la mia Alice... aspettava i cuccioli! Sono andata in cucina da mia madre e le ho detto: – Mamma, sto per dirti una cosa che ti stupirà.

– Non è possibile! – mi ripetevo…

– Sei stata di nuovo sospesa?

– Macché. Riguarda Alice. Credo che sia... incinta.

– Stai scherzando?

– Sto leggendo un libro sui gatti e, osservando la pancia di Alice... beh, vieni, ti faccio vedere.

Mia madre ha osservato con attenzione la gatta, poi ha detto: – Valentina, io non me ne intendo. Credo che convenga portarla dal veterinario.

Sono andata a coricarmi con una strana sensazione addosso.

Luca, che aveva sentito parte della nostra conversazione, mi ha detto: – Secondo me ti stai inventando tutto. Io non noto niente di strano.

– Dormi, dormi. Domani sentiamo che cosa dice il veterinario.

Io, invece, non sono riuscita ad addormentarmi prima di mezzanotte. Alice era andata a nascondersi chissà dove e l'ho chiamata invano.

VISITE ED ESAMI. UNA NOTIZIA STRAORDINARIA

Alle quattro precise papà e io eravamo dal veterinario. La sala d'attesa era quasi vuota. Prima di noi c'erano un cane e una gattina di pochi mesi.

Finalmente è arrivato il nostro turno.

– Ciao, Valentina – mi ha detto Franco, che per me è come un amico. – Problemi in vista?

– Spero proprio di no. Volevo che visitassi Alice e mi togliessi un dubbio che mi è venuto leggendo un libro.

– Quale dubbio?

– Un dubbio ridicolo, forse. Guarda... guarda la sua pancia...

Ho fatto uscire Alice dalla gabbia e lei ha soffiato.

– Buona, piccola, buona – ha detto Franco. – Adesso scioglieremo i dubbi di Valentina.

Col tuo aiuto, si capisce. Mi lasci vedere la pancia?

Le parole e la voce di Franco hanno il potere di calmare persone e animali. Ma io ero impaziente di conoscere l'esito della sua visita. Per fortuna non è durata a lungo.

– Rimetti pure Alice nella gabbia – mi ha detto Franco alla fine. Poi è andato a sedersi dietro la scrivania, ha intrecciato le mani e sorridendo ha detto: – Ho una notizia da darti –. E ha fatto una pausa. – Alice è incinta. Non ci sono dubbi.

Mio padre ha scrollato la testa e ha detto: – Franco, la gatta vive in casa e...

Ma io mi sono battuta la fronte con una mano e ho esclamato: – Bill!

– Come? – mi ha chiesto mio padre.

– Ma sì, papà. Bill. Il gatto di Jack. Alice è stata tutto il giorno con lui...

E ho raccontato a Franco la nostra gita ad Aosta.

– E quando è avvenuto questo incontro? – mi ha chiesto.

– Il ventotto marzo.

– Vediamo. La gravidanza dei gatti dura una sessantina di giorni... direi che per il ventotto maggio la tua Alice dovrebbe aver partorito tre o quattro micetti. Sarà una bella esperienza, vedrai.

Una bella esperienza? Ero scioccata. Non mi sarei mai aspettata una cosa del genere.

– Bisogna organizzarsi – ho detto a mio padre mentre tornavamo a casa.

– C'è ancora tempo.

– È meglio non farsi trovare impreparati.

PREPARATIVI PER IL GRANDE EVENTO

Dopo cena ho chiamato Jack.

– Ciao, Jack.

– Ciao, Valentina.

– Ho una notizia da darti. Il tuo Bill sta per diventare papà!

– Ne sei sicura?

– Il veterinario dice che non c'è da sbagliarsi.

– Quando nasceranno?

– Probabilmente a fine maggio. Più ci penso e più mi sembra un evento strepitoso. Sono contenta che Alice diventi mamma.

– Mi raccomando, tienimi informato.

– Contaci. Ah, volevo chiederti una cosa. Non so quanti gattini nasceranno. Ma se non riesco a sistemarli tutti, ne prenderesti almeno uno?

– Volentieri. Qui abbiamo tutto lo spazio necessario.

E questa era fatta. Però bisognava sistemare anche gli altri. Volevo essere sicura che sarebbero andati a finire in buone, anzi in ottime mani.

Ho telefonato a Ottilia e le ho chiesto: – Ti piacciono gli animali?

– Sì.

– In che senso?

– Come sarebbe a dire, scusa?

– Nel senso che ti piace vederli allo zoo o sulle pagine di un'enciclopedia, oppure nel senso che te ne occuperesti personalmente se per caso ne avessi uno in casa? Come un gatto, per esempio.

– Credo che non gli farei mancare nulla.

– E gli cambieresti regolarmente la sabbia, lo porteresti a fare le vaccinazioni, lo spazzoleresti con cura, non gli faresti mai mancare il cibo e l'acqua fresca, lo porteresti con te in vacanza, d'estate o in altre occasioni?

– Scusa, Valentina, perché mi fai tutte queste domande?

– Dimmi quale sarebbe la tua risposta.

– Sarebbe "sì" in tutti i casi.

– Ne sei sicura?

– Sì.

– Ascolta, Ottilia. Alice aspetta i gattini. È per questo che ti ho fatto tutte quelle domande. Volevo chiederti se vuoi prendere uno dei gattini che nasceranno.

– C'è un problema. Mia madre. Lei non la pensa come me sui gatti. Insomma, non credo che amerebbe averne uno in casa. E senza il suo consenso, io non posso prendere neanche un criceto. Posso provare a parlargliene. Magari riesco a convincerla.

– Provaci, per favore.

– A chi pensi di dare gli altri?

– A Tazio, a zia Elsa, a Giulietta, la moglie del maestro... e poi non so.

ACQUISTI PER GATTI. UN GELATO AL TAVOLO

Il libro che ho comprato dice proprio tutto su come ci si deve comportare in attesa dell'arrivo dei gattini. Sono proprio contenta! Anche Franco mi ha dato delle indicazioni precise, e oggi pomeriggio sono andata con Tazio in un negozio di animali.

Anche qui mi conoscono e la padrona, quando le ho raccontato la novità, mi ha detto: – Ogni gatta dovrebbe avere i piccoli almeno una volta nella vita. Ho io quello che fa per te. Anzi, per lei.

È andata a prendere un sacchetto di mangime che aveva in magazzino, mentre io ho fatto un giro tra le gabbie che ospitavano cuccioli di cani, cocorite, corvi e merli.

– Ecco – mi ha detto la padrona del negozio, che si chiama Pia e ha la faccia rotonda come la luna piena. – Le indicazioni sono scritte di fianco. E tanti auguri alla tua gatta.

Mentre tornavo a casa, ho chiesto a Tazio: – Lo vorresti un gattino?

– A casa mia non potrebbe stare – mi ha risposto – perché non c'è quasi mai nessuno. Ma io sto spesso dalla nonna, e magari potrebbe prenderlo lei.

– Mi piacerebbe che ne avessi uno.

– Lo terrei volentieri. Perché non ci fermiamo a mangiare un gelato? Te lo offro io.

E così siamo andati in gelateria.

– Un po' di panna? – mi ha chiesto la gelataia, riempiendo il mio cono.

– Abbondante – le ho risposto.

– Potete sedervi fuori a mangiare il gelato, se volete.

Ci siamo seduti a un tavolino, al centro del quale c'erano dei fiori di plastica, e ci siamo messi a mangiare il nostro gelato.

Il sole stava tramontando proprio in quel momento dietro le montagne e io, con la mano di Tazio tra le mie, pensavo ad Alice e ai gattini che le stavano crescendo nella pancia.

I REGALI DELLA ZIA

Zia Elsa mi vuole bene, e ogni tanto mi fa un regalo. Una volta è una gonna, un'altra una camicetta, un paio di jeans, un paio di scarpe, o un paio di orecchini. Per acquistarli, però, si fa accompagnare da me.

– I gusti delle ragazzine non li conosco e le mode cambiano in fretta – mi dice.

– A me le mode non importano molto, zia. Io voglio stare soprattutto comoda.

– Ah, finalmente una ragazzina che ragiona con la sua testa! Sono contenta che tu sia mia nipote, Valentina. Cerca di non cambiare crescendo. Oggi la pubblicità fa girare come trottole grandi e piccoli.

Due giorni fa mi ha detto: – In un negozio di piazza Solferino ho visto un vestito veramente bello. Stavo per comprartelo, ma mi sono trattenuta in tempo. Voglio che prima lo provi.

Il vestito, di cotone a fiori, era davvero carino.

E quando l'ho indossato, la zia ha detto: – Ti sta a pennello. Che cosa fai?

– Lo prendo.

– Ottima decisione. Vuoi tornare a casa o vuoi fare una passeggiata fino in piazza Castello? – mi ha chiesto la zia.

– Dai, facciamo due passi insieme!

Ci siamo incamminate per via Cernaia, e a un certo punto la zia ha detto: – Con te mi sento più giovane, Valentina. Tutta la gente con la quale lavoro è inacidita. Non si lascia sorprendere più da nulla, pensa solo alla casa da ristrutturare o all'auto nuova da comprare. Insomma, non vede al di là del proprio naso. Quando sto con te, invece, vedo la vita con occhi diversi. Bisognerebbe stare di più con i bambini per assorbire le loro curiosità. Tu sei curiosa, vero, Valentina?

– Altroché, zia. Mi dicono che sono anche una filosofa, pensa un po'.

– E perché?

– Perché faccio un sacco di domande.

– Hai una da farne anche a me, in questo momento?

– Sì, ma è una domanda pratica, non da filosofa.

– Sentiamo.

– Ti piacerebbe avere un gattino?

– Perché mi fai questa domanda?

– La mia gatta sta per partorire.

– Nipotina, gli animali mi piacciono. Ma non credo di essere pronta ad accudirne uno. Preferisco un bambino.

– D'accordo, zia, non parliamone più. Resterai lo stesso la mia zia preferita!

– Grazie, Valentina.

– È un gran mistero questo fatto di mettere al mondo dei piccoli, eh, zia?

– Puoi dirlo.

– Chissà come mi sentirò io quando nasceranno i miei...

DELICATEZZE E PRECAUZIONI

Da quando ho avuto la bella notizia sono molto cauta con Alice, soprattutto quando la spazzolo.

– Cercherò di essere delicatissima, – le dico – ma bisogna proprio che ti spazzoli, altrimenti perdi troppo pelo. E mi raccomando, cerca di essere una brava madre. Allatta bene i piccoli e non costringermi a nutrirli col biberon. Sarebbe divertente, lo ammetto. Ma credo che il tuo latte non possa essere sostituito da nessun altro.

Ieri sera Luca è entrato nel bagno mentre stavo spazzolando Alice e si è messo a osservarmi con attenzione.

– Posso spazzolarla anch'io? – mi ha chiesto.

– Meglio di no. Bisogna farlo con molta delicatezza. Alice non deve prendere colpi e non deve fare movimenti bruschi. È un po' come quando una mamma aspetta un bambino, capisci?

– È vero che quando nascono, i gattini sono ciechi?

– Sì.

– E come fanno a trovare il punto dove attaccarsi per succhiare il latte?

– Lo trovano d'istinto.

– Forse è meglio se li aiutiamo noi, quando nascono.

– Noi non dobbiamo fare proprio niente. Dobbiamo solo controllare che tutto proceda regolarmente. In caso di difficoltà, chiameremo il veterinario. Ecco, ho finito.

Alice è saltata a terra e se n'è andata in soggiorno ad accoccolarsi sulla sua poltrona preferita.

– Aiutami a cambiare la sabbietta – ho detto a Luca.

– Non posso, non ho tempo.

– Scappi sempre quando c'è da fare un lavoro fastidioso, eh?

– Devo finire i compiti.

– Vai, vai, ho capito.

– Non esagerare – mi dice Ottilia quando le parlo di tutte queste mie attenzioni.

– È la prima volta che mi trovo in una situazione del genere.

– La tua gatta farà tutto da sola. Pensa a quelle che vivono sulla strada, nelle cantine o magari sotto i ponti. Non c'è nessuno che le aiuti. Eppure partoriscono lo stesso.

Non vedi quanti gatti ci sono in giro?

Credo che Ottilia abbia ragione. Ma Alice vive in casa, sotto i miei occhi, e voglio fare per lei tutto ciò che è necessario.

– Hai parlato con tua madre dell'eventualità di prendere uno dei piccoli? – ho chiesto oggi a Ottilia.

– Credo che sarà molto difficile convincerla.

– Io certe madri proprio non le capisco...

– La mia, poi, non la capiresti mai. Non la capisco nemmeno io che sono sua figlia. È incredibile come siamo diverse, io e lei. Tu, invece, con la tua vai d'amore e d'accordo, vero?

– Quasi sempre.

– Ma se siete una la copia dell'altra!

– Ottilia, io ho undici anni e mia madre ne ha molti di più. Come facciamo a essere una la copia dell'altra?

– Lascia perdere, V. Ah, cerca di non distrarti troppo a scuola, se no rischi di finire male l'anno scolastico.

I SEGRETI DI UNA PROF DI LETTERE

Ottilia ha fatto bene a mettermi in guardia. Bisogna che pensi ad Alice solo quando sono a casa. In ogni modo a scuola non ho molte difficoltà, specie se chi insegna ha entusiasmo e passione.

Proprio come Linda, la mia professoressa di lettere.

Linda ha due figli e ci parla spesso di loro. Credo che li adori. Si chiamano Berto e Lucia e sono gemelli.

Adesso sono in quinta elementare e l'anno prossimo verranno nella scuola media dove insegna la loro mamma.

– I tuoi figli sono fortunati – ho detto a Linda. – Potrai aiutarli a fare i compiti, consigliarli...

– Non credo che sarà necessario. Sono entrambi orgogliosi e preferiscono aiutarsi tra di loro.

– Allora vanno molto d'accordo.

– Finora non li ho mai visti bisticciare. Nemmeno a causa dei gatti.

– Quali gatti?

Eravamo nel corridoio per l'intervallo e io ero vicino alla sala insegnanti a chiacchierare con Linda.

Linda mi ha spinta un po' da parte e mi ha bisbigliato: – Pochi lo sanno, ma io ho ben cinque gatti in casa.

– Cinque? E riesci a occuparti di tutti?

– Sì, con l'aiuto di Berto e Lucia. Sono tutti gatti che ho raccolto dalla strada e i miei bambini hanno imparato ad amarli come li amo io. Ma c'è un'altra cosa che non sai. Posso confidarmi in tutta sincerità, Valentina?

– Hai sempre detto che mi consideri una ragazzina matura!

– E allora ascolta. Da molti mesi mi occupo anche dei gatti che vivono nei pressi del mercato di via Porpora.

– Che significa?

– Significa che ogni sera vado a portare loro da mangiare. Sono proprio un bel gruppetto.

– Che brava! – ho esclamato.

– Sapessi come sono felice quando vedo che mi vengono incontro senza paura. Chissà quante battaglie fanno durante il giorno! Chissà quante corse per sfuggire ai ragazzi che li tormentano!

– Linda, posso venire con te una delle prossime sere?

– Pensi che i tuoi te lo permetterebbero?

– Penso di sì. Via Porpora non è lontana da casa mia.

– D'accordo. Potremmo fare giovedì prossimo. Potrei passare a prenderti sotto casa verso le sette. Ti andrebbe bene?

– Andrà benissimo. Noi ceniamo verso le sette e mezzo.

– Ce lo confermiamo domani. Però devi essere sicura che i tuoi genitori non abbiano nulla in contrario.

– Stasera gliene parlerò.

Però, qualche obiezione c'è stata: mia madre ha storto il naso, mio padre ha aggrottato la fronte.

– Verrebbe a prenderti lei sotto casa? – mi ha chiesto.

– E ti riporterebbe indietro lei? – si è informata mia madre.

– Non mi lascerà un solo istante, ve lo garantisco – ho risposto.

– Certo è un po' strano... – ha detto mia madre.

– Certo è un po' insolito... – ha detto mio padre.

– Insomma, mi date il permesso di andare con Linda, sì o no?

– E va bene, ma alle condizioni che abbiamo pattuito – ha concluso mio padre.

E ci siamo messi a mangiare la pasta col pesto, mentre mio fratello mi guardava un po' storto.

Credo che a volte si chieda se per caso non abbia una sorella che viene da un altro pianeta.

FESTA IN PIAZZA

Alle sette meno un quarto mi sono affacciata alla finestra della mia camera e ho atteso l'arrivo di Linda.

– Sarò da te alle sette precise – mi aveva detto. – Copriti bene, perché fa freddo. Da ieri soffia un vento di tramontana e sembra che sia tornato l'inverno.

Con un maglione pesante addosso, un berretto di lana in testa e un paio di guanti, ero pronta a seguire Linda. Alice è venuta a strusciarsi contro le mie caviglie.

– Vado a trovare degli altri gatti – le ho detto prendendola in braccio. – Al mio ritorno ti racconterò.

Linda mi ha fatto un cenno con la mano, mi sono sfilata le pantofole, ho messo le scarpe e sono corsa giù.

– Eccomi! – ho detto piombando in strada.

Per arrivare in via Porpora, abbiamo impiegato meno di dieci minuti. Il mercato era chiuso, le bancarelle erano state smontate e nell'aria stagnava un odore di pesce e di frutta marcia.

– Eccoci arrivate – ha detto Linda, che aveva un sacchetto pieno di scatolette e di piattini di plastica.

Io mi sono guardata intorno perplessa e ho detto: – Non vedo nessun gatto.

– Arriveranno subito, vedrai.

Due minuti dopo, provenendo da varie direzioni, hanno cominciato ad avvicinarsi a noi una decina di gatti.

– Eccoli – ha mormorato Linda. Si è fermata in un angolo in penombra, ha cominciato ad aprire le scatolette e ne ha rovesciato il contenuto nei piattini di plastica.

I gatti, quasi tutti col pelo arruffato e piccole cicatrici sul dorso o sulla nuca, si sono messi a mangiare senza azzuffarsi e in pochi minuti hanno fatto fuori tutto.

– Che fame hanno! – ho esclamato.

I gatti si sono messi a mangiare…

– Questa è vera fame – ha detto Linda. – Come fai a non sentirti contenta quando li vedi sazi e soddisfatti?

I gatti hanno leccato per bene il fondo dei piatti e si sono avvicinati a Linda, che si è chinata ad accarezzarli a uno a uno.

– Con chi hai fatto la guerra? – ha chiesto a un gatto nero, che sembrava il più anziano del gruppo. – Mi piacerebbe seguirti nei tuoi vagabondaggi notturni.

– Conosci bene i gatti? – ho chiesto a Linda.

– Sì. Sono orgogliosi, solitari, indipendenti. E anche quando accettano il tuo cibo per non morire di fame sembra che lo facciano con pudore e dignità. Sono animali liberi. Per stasera abbiamo finito. Possiamo andare, Valentina.

Linda aveva appena detto queste parole, quando all'improvviso sono sbucati tre ragazzi che, urlando, si sono lanciati verso i gatti. Questi hanno attraversato la piazza di corsa e sono andati a rintanarsi nei loro rifugi. Solo il gatto nero non ce l'aveva fatta, perché uno dei ragazzi era riuscito a bloccarlo mettendogli un piede sulla coda. Ma quando si è chinato per afferrargli il collo, il gatto si è voltato di scatto e gli ha affondato le unghie in una mano. L'urlo di dolore del ragazzo ha lacerato l'aria. Ma il gatto è guizzato via e si è infilato oltre il cancello di una officina.

– È salvo anche lui – ha detto Linda. – Su, andiamocene via.

E siamo tornate rapidamente a casa mia.

– Vuoi salire un momento da me? – ho chiesto a Linda.

– No, i bambini e mio marito mi stanno aspettando.

– È stato terribile, Linda.

– Per fortuna avevano finito di mangiare. Quei tre devono avermi spiata altre volte. Era evidente che stavano in agguato. Ma se credono che abbandoni i miei gatti, si sbagliano. Buonanotte, Valentina.

– Buonanotte, Linda.

UNA BUONA FIGLIA. UNA BUONA SORELLA

Ai miei genitori non avrei voluto dire nulla di quello che era successo in piazza. Ma quando mi hanno chiesto perché ero così scossa, non ho potuto fare a meno di dire loro la verità. E l'ho fatto anche per sfogare la mia rabbia.

– Teppisti, banditi, criminali! – ho esclamato, ripensando ai tre ragazzacci.

Pensavo che i miei mi avrebbero rimproverata per essermi messa, sia pure senza volerlo, in una situazione di pericolo. Ma non l'hanno fatto. Non potevano prevederlo, ed erano indignati anche loro. Mia madre però mi ha detto: – Non me la sento di lasciarti andare un'altra volta, Valentina. E per favore, non chiedermelo.

Stamattina ho parlato con Linda tra una lezione e l'altra.

– Tornerai di nuovo al mercato, stasera?

– Certamente. Non mi lascio intimorire da un manipolo di scapestrati.

– Mi dispiace non poter venire con te.

– Non importa. Adesso abbiamo un segreto da condividere. Buona giornata, Valentina.

E, tutto sommato, è stata una buona giornata.

Nel pomeriggio avevo appuntamento con la mia amica Irene vicino alla chiesa e abbiamo passato un po' di tempo ai giardini.

Irene era radiosa. Le ridevano gli occhi e la bocca, e gliel'ho fatto notare.

Alle mie parole, ha detto: – È che sono più tranquilla. Ormai nessuno parla più di me nell'istituto da cui sono fuggita e credo che potrò restare per sempre con Benedetta. Però, mi piacerebbe andare a scuola.

– Davvero?

– Sì. Ma non è possibile. La polizia mi beccherebbe subito e mi riporterebbe in istituto. Parliamo d'altro.

– Vuoi salire a vedere la mia gatta? Aspetta i piccoli, sai?

Irene era pronta a dire di no. Ma quando ha sentito la novità, si è bloccata e mi ha chiesto: – Chi c'è in casa?

– Solo mia madre.

– Non vengo.

– Irene, non fare così. Mia madre ti vuole bene, lo sai. Ti faccio vedere Alice e poi facciamo merenda insieme.

– Mi trattengo solo dieci minuti.

Invece è rimasta quasi un'ora.

La maggior parte del tempo siamo state con Alice.

– Quanti gattini pensi che partorirà? – mi ha chiesto Irene.

– Non ne ho idea.

– Mi piacerebbe averne uno.

– Credi che Benedetta lo accetterebbe?

– Se io sono contenta anche lei lo è. A volte vorrei che fosse più severa con me e mi proibisse più cose. Ma io con lei ho imparato a non esagerare, e le voglio bene come se fosse mia madre. O mia nonna, non saprei. Sei contenta che Alice abbia i piccoli?

– Sì.

– Dove pensi di mettere la sua cuccia?

– Nel bagno piccolo, così nessuno andrà a disturbarla.

– Attenta a chi dai i mici, Valentina.

– Voglio la garanzia assoluta che chi li prenderà li tratterà bene e non li abbandonerà mai.

– Essere abbandonati è davvero terribile, lo so bene... nessuno merita di essere abbandonato.

Prima di andar via, Irene ha fatto merenda con me e si è seduta di fronte al mio computer.

– Ti diverte tanto questo coso? – mi ha chiesto.

– Me ne servo solo per fare ricerche e per mettermi in contatto con il mondo.

– Il mondo lo conosci davvero solo se ci cammini con i piedi sopra. Ci vediamo, Valentina.

Per uscire ha voluto prendere le scale.

– Gli ascensori non mi piacciono – ha detto. – Sono come delle gabbie e mi ci sento soffocare.

Quando sono rientrata in casa, mia madre mi ha detto: – Sarebbe una buona figlia.

– Anche una buona sorella – ho detto io.

UN INCONTRO IMPREVISTO

Oggi sono andata con Tazio a trovare Rosa, che faceva la bidella nella nostra scuola elementare.

– Entrate, entrate – ci ha detto. – Per fortuna siete venuti proprio oggi che la casa è pulita. Ortensia è appena andata via.

Ortensia va da lei tre giorni alla settimana e l'aiuta a tenere in ordine la casa.

– È quasi un'amica ormai – ha continuato Rosa. – Senza di lei mi sentirei più sola.

– Mi dispiace di non poter venire a trovarti più spesso, Rosa, ma la scuola mi occupa tanto tempo – ho detto.

– Valentina, sei solo una bambina e non devi preoccuparti di una donna anziana come me.

– Che c'entra, Rosa? Lo sai che ti voglio bene.

– Anch'io te ne voglio, piccola. Perciò mi fa piacere vederti ogni tanto. Ho davvero nostalgia della scuola elementare, quando potevamo stare insieme tutti i giorni, io a fare la bidella, tu l'alunna.

– Purtroppo il tempo passa, Rosa.

– E gli acciacchi aumentano. Vedi le mie gambe? Non riescono mai a portarmi dove vorrei. Ma non voglio lamentarmi troppo.

– Secondo me, dovresti avere un animale in casa, Rosa – ha detto Tazio.

– Ci ho pensato anch'io, sai? Penso che un cagnolino mi farebbe un'ottima compagnia.

– Sì, hai proprio ragione – ho detto. – Io però potrei darti un micio, se vuoi. Alice a fine maggio partorisce... perché non vieni a trovarci uno dei prossimi giorni?

– Lo farò. Con tua madre ci sentiamo ogni tanto al telefono e mi piace parlare con lei.

Rosa ci ha offerto tè e biscotti. E quando abbiamo finito di mangiare, ho detto: – Lavo le tazze e i bicchieri.

– Lascia stare, Valentina. È una cosa che posso fare più tardi.

– Ci penso io, mi fa piacere. Dov'è il detersivo?

E a Tazio ho detto: – Tu asciughi.

Alla fine abbiamo salutato Rosa e le ho promesso che sarei passata a prenderla in auto con mio padre per portarla a casa nostra.

– Adesso dove andate? – si è informata.

– A fare una passeggiata in corso Giulio Cesare. Hanno aperto una nuova libreria e voglio dare un'occhiata.

Prima di entrare in libreria, però, Tazio mi ha preso per un braccio e mi ha detto: – Guarda chi c'è.

Mi sono voltata... e ho visto Ringo, il bambino nomade che avevo conosciuto tempo fa. Si era trasferito, lo sapevo, ed erano mesi che non lo incontravo.

– Come stai? E come sta tua nonna? – gli ho chiesto, vedendolo un po' imbarazzato.

– Mia nonna ha la pelle dura.

– Allora vuol dire che sta bene. Dove abitate adesso? Mi piacerebbe rivederla.

Prima di rispondere Ringo ha esitato, poi ha detto: – Stiamo in un altro campo.

– Vai a scuola?

– Solo ogni tanto.

– E tua nonna lo sa?

– La smetti di fare tante domande?

– Scusami tanto!

Ringo è sembrato sul punto di andar via, ma alla fine si è calmato e ha detto: – Anche a mia nonna piacerebbe rivederti. Siamo nel campo di via dei Platani. Cercalo sulla pianta di Torino. E se proprio hai tanta voglia di andare a trovarla...

– Prima o poi lo farò. Salutamela e dille che ho un buon ricordo di lei.

– Al contrario di quello che hai di me, vero?

– Non dire così, Ringo. Alice sta bene e aspetta perfino i piccoli. Si sono rifatti vivi quelli che hanno tentato di incendiare la roulotte di tua nonna?

– No. Ma adesso devo andare. Spero di lasciare presto la scuola e di mettermi a lavorare.

– Non hai ancora l'età, Ringo.

– Non me ne importa. Prima comincio, prima imparo a fare bene il meccanico. C'è uno che mi sta insegnando.

– Non farti sfruttare mai da nessuno… Ciao!

Ringo ha fatto un gesto di saluto con la mano e si è allontanato.

– Che ne pensi? – ho chiesto a Tazio.

– Credo che sia cambiato.

– Lo penso anch'io. Ma spero che sua nonna viva a lungo. Senza di lei, per Ringo sarebbero guai.

È TORNATA STEFI!

Ero appena tornata da scuola e mi stavo lavando il viso e le mani, quando il telefono ha cominciato a squillare.

– Vado io! – ho gridato a mia madre. E sono uscita dal bagno con le mani ancora gocciolanti.

– Pronto?

– Che voce squillante, Valentina.

– Stefi! Dimmi subito dove sei.

– Più vicina di quanto credi. Sono a Torino.

– Allora prendi un taxi, un pullman o una bicicletta e vieni subito a casa nostra.

– Calma, piccolina, calma. Sono nella hall di un albergo in piazza Carlo Felice e ho un paio di cose da sbrigare.

– Quando vieni, allora?

– Facciamo dopo cena?

– No, facciamo prima di cena. Così mangi con noi. Ho una gran voglia di vederti, di parlarti, di sentirti raccontare...

– E tu, hai delle novità da raccontarmi?

– Più di un migliaio.

– Allora ci parliamo stasera. Mi passi tua madre?

– Te la passo subito. A stasera, Stefi.

Alle sette precise, quando ho aperto la porta, ho creduto di avere le traveggole: Stefi aveva i capelli a caschetto, sembrava ringiovanita di dieci anni e... accanto a lei c'era un uomo!

– Non ci fai entrare, Valentina? – mi ha chiesto lei ridendo e allargando le braccia.

Io mi sono lanciata tra le sue braccia, l'ho stretta forte e alla fine le ho detto: – Non ti riconoscevo più.

– Lui è Ivan.

Ivan ha allungato una mano e, con accento straniero, mi ha detto: – Ciao, Valentina. Piacere di conoscerti.

Era il suo fidanzato o era già suo marito?

Gliel'ho chiesto alla fine della cena, quando l'ho trascinata in camera mia.

– Allora, mi spieghi chi è Ivan?

– È il mio ragazzo, il mio fidanzato, il mio compagno insomma, e probabilmente presto diventerà mio marito.

– Dove l'hai conosciuto? È molto carino.

– Solo carino? Per me è bellissimo! L'ho incontrato in Russia, a Mosca. Fa il giornalista come me, e come me gira da una capitale all'altra dell'Europa. Ma va anche dove ci sono guerre e difficoltà politiche.

– È pericoloso il suo lavoro?

– Molto. Una volta è stato ferito a una gamba ed è stato ricoverato per due mesi in ospedale.

– Allora sarà meglio che cambi mestiere.

– Non lo farebbe mai, e lo capisco. Per questo andiamo d'accordo. E siamo anche d'accordo che, prima o poi, ci fermeremo e metteremo su famiglia.

– Sono contenta di rivederti, Stefi. Ripenso spesso al nostro viaggio in Cornovaglia. Quante sorprese! Quanti incontri! Non potrò mai dimenticarlo. Ho proprio voglia di rifare qualcosa di simile un giorno. Ricordi che hai promesso di portarmi a Parigi?

– Stefi non dimentica mai le sue promesse.

– Però mi sentirei imbarazzata con Ivan. Mi piacerebbe che il viaggio lo facessimo da sole, tu e io.

– E da sole lo faremo. Ci prendiamo qualche giorno, e via verso una delle città più belle del mondo!

– Allora comincio a parlarne con i miei. Ti ricordi la mia gatta?

– Sì.

– Aspetta i piccoli.

– Che bello! E che invidia!

– Perché?

– Perché io non potrò mai avere una gatta: sono sempre in viaggio...

– Ma non hai detto che vuoi fermarti e mettere su famiglia con Ivan?

– Dovrei smettere di fare la giornalista e fare la scrittrice dietro una scrivania...

– E non ti piacerebbe?

– Mah, forse in fin dei conti sì.

SI AVVICINA L'ORA!

Com'è volato il tempo! Ormai mancano solo quindici giorni alla nascita dei micetti. Oggi sono rimasta tutto il giorno in casa a sistemare la cuccia di Alice.

C'è un angolino, nel bagno piccolo, che fa proprio al caso suo. Lì nessuno la disturberà e Alice potrà occuparsi dei piccoli in pace.

– Valentina, non possiamo occupare un intero bagno per lei – ha detto mia madre.

– E se mettessimo la scatola nel soggiorno?

– La televisione fa troppo rumore.

– E nel ripostiglio?

– Ci entriamo ogni momento per prendere asciugamani, salse e detersivi.

– E nel corridoio?

– È più trafficato del centro storico. Dai, mamma, lasciamole avere i piccoli. Poi il bagno ritornerà di tutti.

Anche Luca è d'accordo con me.

E così oggi ho tagliato un lato di una scatola di cartone e l'ho sistemata tra la parete della vasca e quella della finestra.

– Qui starà proprio bene – ho detto a mio fratello. – Passami i giornali.

Ho foderato la scatola di giornali e quando ho finito ho detto: – Adesso vediamo di convincere Alice a entrarci. Alice, dove ti sei cacciata?

Non ho dovuto cercarla a lungo. Se ne stava sul mio letto e ronfava della grossa.

– Volevo farti vedere la cuccia. Spero che sia di tuo gradimento.

Ha socchiuso un occhio, io mi sono seduta sul letto e le ho accarezzato la pancia.

Spero proprio che non ci siano complicazioni al momento della nascita! Mi sono fatta dare il numero di telefono di casa e del cellulare dal nostro veterinario.

«Se abbiamo bisogno di lei, mi promette che verrà a casa in qualsiasi momento?» gli ho chiesto.

«Te lo prometto.»

Alice ha sbadigliato, si è stiracchiata e, quando si è del tutto svegliata, l'ho presa in braccio e l'ho portata nel bagno.

– Ecco, questa è la tua nuova cuccia – le ho detto. – Non potevo farla meglio di così né scegliere un posto più adatto. Mi raccomando, non fare i capricci. Ti metto dentro, così la provi.

Ho deposto Alice sul fondo della scatola e sono rimasta a osservarla. Ha annusato dappertutto, ma alla fine si è acquattata e mi è sembrata soddisfatta. Poi è uscita dalla scatola ed è tornata sul letto.

– Credo che sia di suo gusto – ho detto a Luca. – Oggi pomeriggio ce la metterò di nuovo. Ma sto pensando che potremmo isolare ancora di più la cuccia.

– E come?

– Potremmo stendere un filo e appendere degli asciugamani.

– Sarà come costruire una capanna!

– Così si sentirà sicura al cento per cento. Dai, aiutami.

ALLARME A MEZZANOTTE

Oggi Alice mi sembra un po' nervosa.

– Ti sentivi anche tu così, quando aspettavi me? – ho chiesto a mia madre.

– Valentina, che domanda mi fai? Io sono una donna e lei è una gatta!

– Siete mamme tutte e due.

– Prima che tu nascessi, ero molto emozionata. Innanzitutto eri la mia prima figlia, e poi non vedevo l'ora di coccolarti. Alice non lo farà certo con i suoi figli.

– Li leccherà e li proteggerà. Lo dice il libro. Però hai ragione. Forse Alice mi sta coinvolgendo un po' troppo. Però, è anche grazie a lei che ho capito quanto è bello prendersi cura degli altri.

– È quello che tuo padre e io abbiamo sempre cercato di fare con te e con tuo fratello Luca.

– Direi che ci siete riusciti proprio bene!

Verso mezzanotte, Alice si è messa a miagolare con insistenza. Non solo. Non la smetteva, nonostante le mie carezze. A un certo punto mi sono preoccupata e sono andata nella camera dei miei.

– Mamma... papà... credo che Alice stia male. Io chiamo il veterinario.

Mio padre ha acceso la luce sul comodino, si è stropicciato gli occhi e ha dato un'occhiata alla sveglia.

– Ma è mezzanotte passata – ha detto.

– Lo so. Lui però mi ha detto di chiamarlo in qualsiasi momento, se necessario.

– Ed è necessario?

– Ho paura di sì. Non ho mai visto Alice lamentarsi in questo modo.

Ho fatto il numero di casa del veterinario e ho fatto squillare il telefono sette volte. Alla fine, una voce impastata di sonno ha detto: – Pronto?

– Dottor Franco? Sono io, Valentina. Credo che Alice stia male. Miagola senza interruzione, non riesco a calmarla, e lei sa che tra qualche giorno avrà i piccoli... e allora ho paura che...

– Ho capito, ho capito. Dammi il tempo di andare a prendere l'auto in garage.

– Mi dispiace, dottore. Io...

– Ci vediamo tra un quarto d'ora circa.

Ho riattaccato e mia madre mi ha chiesto: – Che cosa ti ha risposto?

– Che arriva tra poco.

– È davvero una persona straordinaria!

Un quarto d'ora dopo, il veterinario ha suonato alla nostra porta e io sono corsa ad aprirgli. Sono rimasta a bocca aperta perché mi sono accorta che, sotto l'impermeabile, indossava il pigiama!

– Per fare più in fretta – mi ha spiegato. – E poi a quest'ora non c'è nessuno in giro. Dov'è la gatta?

Ha esaminato Alice con cura e alla fine ha detto: – Allarme rientrato. È tutto a posto.

– Ne è sicuro? – gli ho chiesto.

Lui ha sorriso e mi ha risposto: – Dovrei arrabbiarmi con chi mi fa questa domanda.

Perché vuol dire che non ha fiducia in me. Ma non me la prendo, perché è la tua prima esperienza con una gatta incinta. È tutto a posto, ti dico. Le hai preparato la cuccia?

– Sì.

– Posso vederla?

Il dottor Franco l'ha esaminata e ha detto: – Direi che è perfetta. Adesso me ne torno a dormire.

Era venuto in pigiama ! In pigiama! Non l'avrei mai dimenticato.

ALBA DI MAGGIO

Stamattina mi sono svegliata poco prima dell'alba. È domenica e avrei potuto farne a meno, ma quando ho aperto gli occhi non sono stata più capace di riaddormentarmi. Sarà questo dolce mese di maggio, ho pensato. E ho guardato nella cesta di Alice per vedere se era sveglia anche lei.

Ma nella cesta Alice non c'era. Forse stava mangiando. O forse... Mi sono alzata con uno strano presentimento e mi sono diretta piano piano verso il bagno dove avevo sistemato la cuccia.

Tutti gli altri dormivano e non volevo disturbare il loro sonno.

Mi sono affacciata nel bagno e ho mormorato: – Alice, dove sei? –. Quando ho sporto la testa per guardare nella scatola, ho trattenuto a stento un grido di sorpresa.

Il primo gattino era nato! Alice aveva già tagliato il cordone ombelicale e lo stava leccando per pulirlo bene. Sono rimasta immobile. Probabilmente devo avere smesso di respirare. Stava succedendo proprio sotto i miei occhi. E adesso che cosa stava per accadere?

Ho ripassato velocemente tutto quello che avevo letto nel libro. Dovevo fare attenzione che dopo ogni gattino venisse espulsa la placenta, altrimenti Alice rischiava qualche infezione.

Mi sono seduta sul bordo della vasca, muta, e ho cercato di attirare l'attenzione di Alice. «Sei contenta che io sia qui con te?» avrei voluto chiederle, ma la lingua restava attaccata al palato.

I quattro gattini sono nati a distanza di un quarto d'ora l'uno dall'altro e, dopo aver succhiato il latte in abbondanza, si sono addormentati. E Alice con loro.

Piano piano sono tornata nella mia camera.

UN GIORNO DIVERSO DAGLI ALTRI

– Non fare rumore – ho raccomandato a mio fratello, prima che entrasse nel bagno.

– Perché non mi hai chiamato mentre stavano nascendo?

– Non potevo. Ero rimasta incantata.

– Quanti sono?

– Quattro. Fai piano.

Abbiamo guardato nella cuccia, proprio mentre i gattini ricominciavano a succhiare il latte.

– Sono strani – ha detto Luca. – Sembrano... sembrano topi. Non hanno pelo... niente.

– All'inizio sono così. Inoltre per otto giorni saranno completamente ciechi.

– Guarda! Alice ha aperto gli occhi.

– Bada di non toccare né lei, né i piccoli.

– Sono gatti o sono gatte? Cioè, sono maschi o sono femmine?

– Controlleremo dopo.

– Perché non li teniamo tutti noi?

– Non possiamo tenere cinque gatti nel nostro appartamento.

Poco dopo sono venuti a vederli i nostri genitori.

– Operazione riuscita, vedo – ha detto mio padre. – Puoi essere soddisfatta, Valentina. Se tutto è andato bene, il merito è anche tuo.

I gattini stavano succhiando il latte...

Mia madre ha detto: – Guardate come mangiano! L'istinto di vivere è più forte di tutto.

Dopo pranzo sono venuti Tazio e Ottilia.

– Vi piacciono? – ho chiesto.

– A vederli come sono ora, sinceramente no – ha risposto Ottilia.

– Il loro aspetto migliorerà nelle prossime settimane.

– Però fanno tenerezza – ha aggiunto Tazio.

– Li prenderete come avete promesso?

– Io sì – ha risposto Tazio. – Mia nonna è d'accordo. Ce ne occuperemo tutti e due.

– Mia madre mi ha fatto promettere solennemente che raccoglierò ogni granello di sabbia che finisce fuori dalla lettiera – ha detto Ottilia. – Perciò... un altro dei tuoi micini è sistemato!

– Grazie, siete dei veri amici.

– A proposito, sono maschi o femmine? – mi ha chiesto Ottilia.

– Sono tre maschi e una femmina.

– Io prendo un maschio – ha detto Tazio.

– Anch'io – ha detto Ottilia.

Quando Tazio e Ottilia sono andati via, ho telefonato a Rosa.

– Ciao Rosa. Sono nati!

– Scommetto che vuoi sapere se sono disposta a prenderne uno. Ci sono anche delle femmine nella cucciolata?

– Ce n'è una.

– Allora è mia. Quando potrò averla?

– Il libro dice che la madre deve allattarli per almeno cinquanta giorni.

– Dunque ho ancora alcune settimane per abituarmi all'idea e per prepararmi ad accoglierla. Sai come la chiamerò? Pastina.

– Non credo che esista nel mondo una gatta che si chiami così!

– Da oggi ce n'è una.

Ho riattaccato e ho chiamato Jack.

– Ciao, Jack. Adesso hai un altro motivo per venire a Torino.

– Sono nati?

– Sì.

– Uno è mio, ricordalo.

– Devo ringraziarti anche per questo, Jack. Se non fossi venuta da te con Alice, forse non avrei mai vissuto un'esperienza del genere. È stato molto bello!

Ho riattaccato il telefono e sono andata ad affacciarmi al balcone del soggiorno. È esposto a ovest e vedevo il sole che tramontava dietro le montagne. Stava per concludersi un altro giorno.

Ma non era stato un giorno come gli altri. Solo io lo sapevo, e non lo avrei mai dimenticato.

Arrivederci
alla prossima
avventura!

INDICE

I LIBRI DI VALENTINA

V come Valentina
La vita quotidiana di Valentina: l'amica del cuore, il ragazzo che le piace, una gattina da salvare...

Un amico Internet per Valentina
In rete, Valentina trova un nuovo amico: si chiama Jack ed è molto simpatico!

In viaggio con Valentina
Valentina parte per la Cornovaglia... quante avventure in questo misterioso paese!

A scuola con Valentina
Valentina ha un maestro speciale, che narra storie meravigliose e difende sempre i suoi alunni...

Un mistero per Valentina
Valentina va in gita scolastica a Zurigo. Sarà una settimana piena di misteri da risolvere!

La cugina di Valentina
La vita di Valentina si svolge tranquilla, ma un giorno la sua mamma perde la memoria...

Gli amici di Valentina
Quanti amici ha Valentina! Ognuno con il suo carattere e la sua storia da raccontare...

L'estate di Valentina
Finalmente le vacanze! Tra montagna, lago e mare Valentina non ha certo il tempo di annoiarsi.

La famiglia di Valentina
La mamma di Valentina deve essere operata, e lei impara a cavarsela da sola in casa...

Quattro gatti per Valentina
Alice, la gatta di Valentina, sta aspettando i cuccioli e ci sono veramente tante cose a cui pensare...

Buon Natale, Valentina!
Il Natale si avvicina e Valentina si dedica ai preparativi insieme a un'amica speciale!

Sempre nel Battello a Vapore:

Serie Arancio
Le fatiche di Valentina
Non arrenderti, Valentina!
Cosa sogni, Valentina?

Serie Rossa
Ciao, Valentina!

CHI È ANGELO PETROSINO?

Care lettrici e cari lettori, ho pensato di parlarvi di me perché mi chiedete sempre di farlo quando vi incontro nelle scuole o nelle biblioteche. Sono sempre stato un bambino vivace e curioso. Non stavo mai in casa e mi arrampicavo sugli alberi, per guardare il mondo dall'alto. Era facile, perché abitavo in campagna. Poi un giorno ho lasciato il mio paese perché mio padre aveva trovato lavoro in Francia. Avevo dieci anni. Ho vissuto esperienze indimenticabili prima in Auvergne poi a Parigi. Tornato in Italia, ho dovuto imparare di nuovo l'italiano. Per questo oggi la lingua italiana è per me il patrimonio più prezioso: di ogni parola amo il suono, il significato, le immagini che evoca. Non pensavo che un giorno mi sarei trovato a insegnarla. All'inizio infatti ho studiato da perito chimico. Poi un giorno mi sono affacciato a un'aula di scuola ele-

Angelo a dieci anni, in Auvergne

mentare. Ero imbarazzato. «Come ci si comporta con i bambini?» mi sono chiesto. Allora ho ricordato che i momenti più belli della mia infanzia erano quando mio nonno mi raccontava storie. Così ho cominciato a leggere ai miei alunni. Da allora sono diventato "il maestro che racconta storie". Ma ho sempre ascoltato le storie, i desideri, i sogni dei bambini. Quante cose ho imparato!

Angelo Petrosino

Col tempo ho iniziato a scrivere libri in cui i protagonisti erano proprio loro.

Così è nato il personaggio di Valentina: curiosa, irrequieta, intelligente, capace di ascoltare le sue emozioni e con una gran voglia di vivere.

A proposito, mi piacerebbe sapere cosa ne pensate dei miei libri. Se volete, scrivetemi qui:

www.angelopetrosino.it

Prometto una risposta veloce e personale a tutti!

CHI È SARA NOT?

Sara Not ha ben trent'anni però disegna ancora come una bambina (e solo quando ne ha voglia). Va e viene tra Milano e Trieste e non si sa mai dov'è. Il fatto è che si fa trasportare dalla bora, vento capriccioso e freddino del nord est, anche se fa credere a tutti di viaggiare in treno.

Da due anni vive con Sissi, amica fedele, chiamata anche Mocio Vileda o Patata, una cagnolina pelosa dallo sguardo dolcissimo (se si riesce a scovarne gli occhi sotto il ciuffo). Insieme inventano, disegnano, colorano, ma è Sissi che fa il grosso del lavoro... E c'è qualcuno che dice che si vede! Ma sono malelingue.

Sara a quattro anni, con la sorellina Elisa

Quando il loro mirabolante computer Mac Pino va in tilt, inforcano la vecchia bicicletta verde e sfrecciano verso il parco.

Da secoli Sissi tenta di insegnare a Sara ad andare senza mani, ma è un caso senza speranza. Durante queste spericolate evoluzioni ciclistiche, la coraggiosa cagnolina, affacciata al manubrio dal suo cestino, lancia appelli disperati ai passanti. Bambini, se le vedete, non esitate a intervenire!

Sara Not

Tornate nella loro mansarda, leggono un bel libro, mettono su un cd, cucinano una buona cenetta e sono pronte a uscire con gli amici. Quando si annoiano, aspettano la bora che le porta al mare.

IL BATTELLO A VAPORE

Serie Azzurra
a partire dai 7 anni

1. Christine Nöstlinger, *Cara Susi, caro Paul*
2. Fernando Lalana, *Il segreto del parco incantato*
3. Roberta Grazzani, *Nonno Tano*
4. Russell E. Erickson, *Il detective Warton*
5. Ursel Scheffler, *Inkiostrik, il mostro dell'inchiostro*
6. Christine Nöstlinger, *Storie del piccolo Franz*
7. Ursula Wölfel, *Augh, Stella Cadente!*
8. María Puncel, *Un folletto a righe*
9. Mira Lobe, *Ingo e Drago*
10. Klaus-Peter Wolf, *Lili e lo sceriffo*
11. Derek Sampson, *Brontolone e il mammut peloso*
12. Christine Nöstlinger, *Un gatto non è un cuscino*
13. David A. Adler, *Il mistero della casa stregata*
14. Mira Lobe, *La nonna sul melo*
15. Paul Fournel, *Supergatto*
16. Guido Quarzo, *Chi trova un pirata trova un tesoro*
17. Hans Jürgen Press, *Le avventure della Mano Nera*
18. Irina Korschunow, *Il drago di Piero*
19. Renate Welsh, *Con Hannibal sarebbe un'altra cosa*
20. Christine Nöstlinger, *Cara nonna, la tua Susi*
21. Ursel Scheffler, *Inkiostrik, il mostro delle tasche nauseabonde*
22. Sebastiano Ruiz Mignone, *Guidone Mangiaterra e gli Sporcaccioni*
23. Mirjam Pressler, *Caterina e... tutto il resto*
24. Consuelo Armijo, *I Batauti*
25. Derek Bernardson, *Un'avventura rattastica*
26. Ursel Scheffler, *Inkiostrik, il mostro dello zainetto*
27. Terry Deary, *L'anello magico e la Fabbrica degli Scherzi*
28. Hazel Townson, *La grande festa di Victor il solitario*
29. Toby Forward, *Il settimanale fantasma*
30. Jo Pestum, *Jonas, il Vendicatore*
31. Ulf Stark, *Sai fischiare, Johanna?*
32. Dav Pilkey, *Le mitiche avventure di Capitan Mutanda*
33. Francesca Simon, *Non mangiate Cenerentola!*

IL BATTELLO A VAPORE

34. Ursel Scheffler, *Inkiostrik, il mostro del circo*
35. Russell E. Erickson, *Warton e i topi mercanti*
36. Anne Fine, *Cane o pizza?*
37. Jeremy Strong, *C'è un faraone nel mio bagno!*
38. Ursel Scheffler, *Inkiostrik, il mostro dei pirati*
39. Friedrich Scheck, *Il mistero dell'armatura scomparsa*
40. Sjoerd Kuyper, *Il coltellino di Tim*
41. Ulf Stark, *Il Club dei Cuori Solitari*
42. Sebastiano Ruiz Mignone, *La guerra degli Sporcaccioni*
43. Maria Carla Pittaluga, *Il piccolo robot*
44. Jacqueline Wilson, *Scalata in discesa*
45. Rindert Kromhout, *Peppino*
46. Ursel Scheffler, *Inkiostrik, il mostro del Luna Park*
47. Anna Vivarelli, *Mimì, che nome è?*
48. Dav Pilkey, *Capitan Mutanda contro i Gabinetti Parlanti*
49. Dav Pilkey, *Capitan Mutanda contro i malefici zombi babbei*
50. Anna Lavatelli, *Ossi di dinosauro*

Serie Azzurra ORO

1. Paula Danziger, *Ambra Chiaro non è un colore*
3. Anne Fine, *Teo vestito di rosa*
4. Paula Danziger, *Punti rossi su Ambra Chiaro*
5. Bernardo Atxaga, *Shola e i leoni*
6. Paula Danziger, *Ambra Chiaro va in quarta*
7. Ondrej Sekora, *Le avventure di Ferdi la formica*

IL BATTELLO A VAPORE

Serie Arancio
a partire dai 9 anni

1. Mino Milani, *Guglielmo e la moneta d'oro*
2. Christine Nöstlinger, *Diario segreto di Susi. Diario segreto di Paul*
3. Mira Lobe, *Il naso di Moritz*
4. Juan Muñoz Martín, *Fra Pierino e il suo ciuchino*
5. Eric Wilson, *Assassinio sul "Canadian-Express"*
6. Eveline Hasler, *Un sacco di nulla*
7. Hubert Monteilhet, *Di professione fantasma*
8. Carlo Collodi, *Pipì, lo scimmiottino color di rosa*
9. Alfredo Gómez Cerdá, *Apparve alla mia finestra*
10. Maria Gripe, *Ugo e Carolina*
11. Klaus-Peter Wolf, *Stefano e i dinosauri*
12. Ursula Moray Williams, *Spid, il ragno ballerino*
13. Anna Lavatelli, *Paola non è matta*
14. Terry Wardle, *Il problema più difficile del mondo*
15. Gemma Lienas, *La mia famiglia e l'angelo*
16. Angelo Petrosino, *Le fatiche di Valentina*
17. Jerome Fletcher, *La voce perduta di Alfreda*
18. Ken Whitmore, *Salta!!*
19. Dino Ticli, *Sette giorni a Piro Piro*
21. Peter Härtling, *Che fine ha fatto Grigo?*
22. Roger Collinson, *Willy e il budino di semolino*
23. Hazel Townson, *Lettere da Montemorte*
24. Chiara Rapaccini, *La vendetta di Debbora (con due "b")*
25. Christine Nöstlinger, *La vera Susi*
26. Niklas Rådström, *Robert e l'uomo invisibile*
27. Angelo Petrosino, *Non arrenderti, Valentina!*
28. Roger Collinson, *Willy acchiappafantasmi e gli extraterrestri*
29. Sebastiano Ruiz Mignone, *Il ritorno del marchese di Carabas*
30. Phyllis R. Naylor, *Qualunque cosa per salvare un cane*
33. Anna Lavatelli, *Tutti per una*
34. G. Quarzo - A. Vivarelli, *La coda degli autosauri*, Premio "Il Battello a Vapore" 1996
35. Renato Giovannoli, *Il mistero dell'Isola del Drago*

36. Roy Apps, *L'estate segreta di Daniel Lyons*
37. Gail Gauthier, *La mia vita tra gli alieni*
38. Roger Collinson, *Zainetto con diamanti cercasi*
39. Angelo Petrosino, *Cosa sogni, Valentina?*
40. Sally Warner, *Anni di cane*
41. Martha Freeman, *La mia mamma è una bomba!*
42. Carol Hughes, *Jack Black e la nave dei ladri*
43. Peter Härtling, *Con Clara siamo in sei*
44. Galila Ron-Feder, *Caro Me Stesso*
45. Monika Feth, *Ra-gazza ladra*
46. Dietlof Reiche, *Freddy. Vita avventurosa di un criceto*
47. Kathleen Karr, *La lunga marcia dei tacchini*
48. Alan Temperley, *Harry e la banda delle decrepite*
49. Simone Klages, *Il mio amico Emil*
50. Renato Giovannoli, *Quando eravamo cavalieri della Tavola Rotonda*
51. Louis Sachar, *Buchi nel deserto*
52. Luigi Garlando, *La vita è una bomba!*, Premio "Il Battello a Vapore" 2000
53. Sebastiano Ruiz Mignone - Guido Quarzo, *Pirati a Rapallo*
54. Chiara Rapaccini, *Debbora va in tivvù!*
55. Henrietta Branford, *Libertà per Lupo Bianco*
56. Renato Giovannoli, *I predoni del Santo Graal* Premio "Il Battello a Vapore" 1995

Serie Arancio ORO

1. Renato Giovannoli, *I predoni del Santo Graal,* Premio "Il Battello a Vapore" 1995
3. Peter Härtling, *La mia nonna*
5. Katherine Paterson, *Un ponte per Terabithia*
6. Henrietta Branford, *Un cane al tempo degli uomini liberi*
7. Sjoerd Kuyper, *Robin e Dio*
8. Louis Sachar, *Buchi nel deserto*
9. Henrietta Branford, *Libertà per Lupo Bianco*

Piccoli Investigatori
a partire dagli 8 anni

1. Ron Roy, *Il mistero dell'albergo stregato*
2. Ron Roy, *Il mistero della mummia scomparsa*
3. Ron Roy, *Il mistero del castello fantasma*
4. Ron Roy, *Il mistero del tesoro sommerso*
5. Ron Roy, *Il mistero della pietra verde*
6. Ron Roy, *Il mistero dell'isola invisibile*

I Brividosi
a partire dai 9 anni

1. P. P. Strello, *Il ritorno dello spaventapasseri*
2. P. P. Strello, *Il pozzo degli spiriti*
3. P. P. Strello, *La notte delle streghe*
4. P. P. Strello, *Un magico Halloween*
5. P. P. Strello, *La casa stregata*
6. P. P. Strello, *Il pianoforte fantasma*

Il magico mondo
di Deltora
a partire dai 9 anni

1. Emily Rodda, *Le Foreste del Silenzio*
2. Emily Rodda, *Il Lago delle Nebbie*
3. Emily Rodda, *La Città dei Topi*
4. Emily Rodda, *Il Deserto delle Sabbie Mobili*
5. Emily Rodda, *La Montagna del Terrore*
6. Emily Rodda, *Il Labirinto della Bestia*
7. Emily Rodda, *La Valle degli Incantesimi*
8. Emily Rodda, *La Città delle Sette Pietre*

Questo libro non è vendibile
se sprovvisto del presente tagliando

PROVA D'ACQUISTO
IL BATTELLO A VAPORE
VALENTINA
N° 10